CREEN LIVE ON THE MURDER SCENCE

凶案现场直播

诡故事
Mystery Story
推理悬疑小说志
典藏版推理惊悚小说全集

公输然等 著

H.P.H 哈尔滨出版社
HARBIN PUBLISHING HOUSE

目录

暗　杀

上官午夜

当她把扳手使劲地敲在他脑袋上的那一刻，她知道，她已经别无选择了，她必须要他死。

1

接到杜小倩的电话时，陆美仁正在做面膜，杜小倩让她过去打麻将，现在三缺一呢。

挂了电话，陆美仁急匆匆地把脸上的面膜洗掉，刚换上那套浅紫色的套裙，就盯着镜子里有些臃肿的身材暗自郁闷。33岁的她其实并不胖，只是生完孩子以后身材有些走样，加上她向来喜欢穿浅色的衣服，所以看起来就显得有些臃肿。

她原本未曾注意这些，就像所有的阔太太、师奶一样，成天就是打麻将、逛街、买衣服。直到昨天，她买了这套浅紫色的套裙，满心欢喜地穿给林萧看，谁知林萧仅仅瞥了一眼，就泼来一头冷水："你呀，应该穿深色的衣服才不显胖，比如黑色的。"结婚八年多，这是林萧第一次对她衣服的颜色挑毛病，林萧比她小一岁，高大英俊，浑身散发出一种成熟男人的魅力。他们读书的时候就开始恋爱，然后结婚，没有山盟海誓的约定，没有轰轰烈烈的爱情，似乎一切都那么顺利，那么顺理成章。"我才不要，黑色的衣服穿起来显老。"紧接着她又神经质般地追问林萧，"我是不是老了？是不是老了？"

林萧把报纸一扔，拿起手机跑进洗手间，嘴里咕哝着："女人真是不可理喻！"陆美仁愣了愣，他这是啥意思？是认为她老了吗？她有些恍惚地盯着洗手间的门，里面传来冲水声，以及林萧压低嗓音的讲话声。她突然想起来，林萧已经很久没有带她一起出门，甚至很久没跟她一起好好儿吃过一顿饭了。

这时候，陆美仁凑近镜子，微眯着眼，仔细地检查眼角的鱼尾纹，那些褶皱在阴暗潮湿中滋生，从缝隙处往外爬，发出刺眼的光。33岁！她突然对这个年龄萌发出一种莫名的恐惧。

陆美仁在打麻将的时候有些心不在焉，点了一晚上的炮，把包里的钱输得精光，后面输的还是杜小倩帮她垫上的。

"谢谢你啊，明天我就把钱还给你。"散场后，陆美仁有些不好意思地说。

杜小倩挥挥手，笑着说："谢啥，咱俩谁跟谁，我又不缺那点儿钱，还什么呀！"刚说到这里，杜小倩的手机响了。她拿起来看，脸上的局促一闪即灭，然后是那种温柔得令人窒息的声音："喂，还没休息吗？"

杜小倩跟陆美仁是大学同学，杜小倩那时候是学校的校花，浑身上下散发出一种脱俗的美，人人都说她像极了《倩女幽魂》里面的聂小倩。

她跟林萧曾经有过一段恋情，整个校园为之沸腾，男生嫉妒，女生也嫉妒，可他们常旁若无人地牵着手走过校园的每个角落。那时，他们的恋情是校园里最亮丽的风景线。然而，他们却不知为何分手了，后来林萧就跟陆美仁走到一起，没多久杜小倩因病退学，之后便杳无音信。直到两个月前，杜小倩与陆美仁偶然间在电梯里遇到，才晓得原来她们住在同一幢大厦里。

重逢时，陆美仁差点儿认不出杜小倩，她现在变得更加漂亮，还未结婚，做了一个香港富商的情妇，对方给她买了套三室两厅的房子，帮她开了间咖啡厅，还给她足够的钱挥霍，然后一两个月过来宠幸她一次。刚才的电话大概就是那个香港富商打来的吧，陆美仁心想。

杜小倩的电话一接就是半小时，返回卧室时她面带幸福的微笑，很快便拿起睡衣洗澡去了。不知是出于对杜小倩的好奇还是其他原因，陆美仁抓过桌上的手机，翻出来电记录，只见蓝色的屏幕上清清楚楚地烙着两个字——

林萧！

2

杜小倩穿着一件近乎透明的丝绸睡衣，没有戴胸罩，坚挺饱满的乳房傲然地展露无疑。陆美仁在这具诱人的胴体上感到了一种危险，这种危险一旦被嗅到，马上就像燎原的大火在陆美仁的胸膛里滚滚烧开了。她不动声色地看着杜小倩，尽管她已经开始憎恨眼前这个女人，但言语中仍假装着关心：“小倩，你没想过结婚吗？老了以后的那种孤独你难道不怕吗？”

“为什么要结婚呢？”杜小倩点了一根烟，举手投足风情万种，“我不相信男人,男人都是沾腥的猫,老婆再好,他也觉得不如情人,除非你青春永驻,那可能吗？女人一旦结婚、生完孩子,还有什么青春可言呢?”

杜小倩的话刺痛了陆美仁,她有些紧张地摸摸自己的脸:“你看……我是不是老了?”

杜小倩凑近她的脸,认真地看着,慢条斯理地说着:“嗯,肤色有点儿偏暗,有些色斑,眼角也开始有鱼尾纹了。你平时不做美容吗？那可不行,不保养会老得特别快！瞧瞧你们家林萧,年轻得跟小伙子似的,你就不怕他……来,站起来让我看看！呀！你该去健健身,瞧这身材都变成这样了,还有肚子上这些赘肉……老天,婚姻真可怕！你呀,应该穿深色的衣服才不显胖,比如黑色的,因为……”

陆美仁的心陡然一沉,杜小倩后面的话她不曾听进去,她发现杜小倩就她衣服颜色的说法跟林萧一模一样。莫非……他们在一起讨论过她？还是取笑过她?

“咦,你怎么了？逗你玩呢！你当然没老啦,才 33 岁,又不是 63 岁!”杜小倩把烟头掐灭,翻身躺在床上。可陆美仁却不认为她是在开玩笑,而是话中有话。

“对了,你跟林萧当初那么好,为什么会突然分手?”这是陆美仁长期以来想不明白的问题,而且她也想套出杜小倩现在是不是跟林萧还有藕断丝连的关系。

“都过去那么久了,提它干吗！怎么,林萧对你不好吗?”

“不,他对我很好。”陆美仁想着刚才的电话,心里就阵阵刺痛。

“那就好啊,不过我真的挺怀念以前的那种生活,无忧无虑。对了,我还存有以前的照片呢。快过来,我拿给你看。”说着,杜小倩就从床上跳了下来,从抽屉里拿出一本影集。

陆美仁看到了一张黑白照片，她记得，那是他们全班同学旅游时的合影。她心里涌起一阵暖意，仿佛回到了学生时代，没想到杜小倩居然把这张照片保存到现在。她刚想说改天拿去加洗一张，突然看见照片左下角那个面带微笑、其貌不扬的女孩子，她的心霎时像被利刀刺到了，一股寒意倏地爬上她的脊背，她浑身猛地抽动了一下。

杜小倩似乎没注意到她的异样，笑着说："其实林萧那时候看起来挺傻的，搞不懂怎么会有那么多女生喜欢他。当时除了咱俩，好像咱们班还有另一个女生也喜欢他，哦，对了，就是这个……她叫……吴艳红！对，吴艳红，我对她印象可深呢！"她用手指向照片左下角那个女孩子。

对，就是吴艳红！陆美仁的身体抖得更厉害了，她以为自己早把这个名字忘记了，但是没有。可怕的记忆像一只永不停歇的小虫子潜伏在她的体内，一点一点地吞食她，直到她无处可逃，无处躲藏，把那幕惨剧以最清晰的姿态搬到眼前，日复一日地循环放映。

她不是有心的，真的不是！她只是爱林萧，爱到不允许任何人有插足的机会，当她看到吴艳红写给林萧的情书时，便开始发疯、抓狂，像吴艳红这种要脸蛋没脸蛋、要背景没背景，年年被评为"最差学生"的女孩子，怎么有资格跟她抢林萧？吴艳红不该跟她争吵，更不该鄙视她不如杜小倩，否则她也不会恼羞成怒地把吴艳红推下学校的后山。等她清醒时，一切都晚了，吴艳红的整张脸已经血肉模糊。从此，再也没人见过她。陆美仁庆幸自己犯下的罪行无人发现，忐忑不安地保住了她的爱情。渐渐地，她不再忐忑不安，从容地做着林萧的太太，一直到现在，她以为一辈子都可以这样从容……

没想到，现在见到了这张照片，这张该死的照片！

3

记忆的闸门一旦打开，便再也无法合拢。陆美仁开始变得敏感而多疑，她总觉得有一双眼睛时刻盯着她的一举一动，肯定是吴艳红回来了，回来向她索命。好几次她躺在床上时，都能强烈地感觉到吴艳红就站在床边，眼睛一眨不眨地盯着她。就这样，她被吓得有点儿精神错乱了，给林萧打电话，希望他能早点儿回来陪她。林萧嘴上说好，有时还说就在路上，可不到半夜他不会回家的，电话催多了，他索性关机。

陆美仁看着自己日渐憔悴的容颜，心里发慌了。杜小倩带给她的危机感不可抑制地增强，有一次，她用座机给杜小倩打电话，一边跟杜小倩闲聊，一边用手机拨通林萧的电话，结果就在与杜小倩的通话里听到了那个熟悉的手机铃声。她想，他们肯定是旧情复燃了，尽管杜小倩已经31岁，可她仍然那么漂亮、迷人，全身无一处不充满着诱惑，这种诱惑对陆美仁来说绝对是致命的，她极有可能会失去林萧，以一种极其可怕的方式失去，变得一无所有。

让她真正意识到这一点是在那个下着暴雨的夜晚，屋外风雨交加，一个紧接一个的闪电似乎要把这个世界无情地劈开。林萧像往常一样被她打了N次电话后索性关机。她害怕极了，孤独地蜷缩在床上，冷得发抖，好像吴艳红就在这个屋子里，就站在她的床边……她给杜小倩打电话，试图缓解这种不可救药的恐惧感，可是打完以后，才发现自己犯了一个最愚蠢的错误，因为，她比之前更恐惧了。

“怎么？下这么大的雨，林萧没在家陪你吗？”杜小倩在那头哧哧地笑着，这让陆美仁很不舒服，认为她的话里尽是嘲讽，但又不知如何回应她，林萧此时此刻很有可能就在她那里。

“怎么不说话了？对了，美仁，我明天带你去健身吧，我认识个教练，可帅呢！”

陆美仁含糊不清地应着，看来林萧并不在她那里，她应该不会当着林萧的面说别的男人帅吧，便说：“你在干吗？”

“看电视呗！你不知道，我刚刚看到一则新闻好可怕呀！说有一个医生在外面有了外遇，想跟他老婆离婚，他老婆不肯，然后他就在枕头下藏了一把刀，接连几个晚上装梦游吓他老婆，以为他老婆会因害怕而跟他离婚，谁知他老婆还是不离婚，结果他就把他老婆杀了，然后肢解，还把头放在高压锅里炖……”

一记雷声在空中炸响，陆美仁惊呼一声，说话变得吞吞吐吐：“不……不说了，我睡了。”

“好啊，那你明天要不要去健身？那个教练真的……”

“再说吧。”陆美仁打断她，赶紧挂掉电话。真该死！干吗要给杜小倩打电话？她现在满脑子都是高压锅里的人头，慢慢地，慢慢地，高压锅里的人头就变成了她自己的头，眼睛睁得出奇的大，充满绝望和恐惧——她在跟自己的头对视着。突然间，她觉得杜小倩说的不是所谓的新闻，而是在暗示她跟林萧，也许林萧就是想要跟她离婚，如果她不肯，林萧就会杀了她！

这时候，陆美仁的目光投落在枕头上，杜小倩说，那个医生在枕头下藏了一把刀……陆美仁害怕极了，她手指僵硬地探进枕头下，没想到，她真的摸到了一样东西——

林萧在枕头下藏了一把刀。

4

林萧回来了。

陆美仁听见他拿钥匙开门的声音，赶忙把眼睛睁开一条缝，紧张得心怦怦直跳。林萧走路的声音很轻，轻得跟空气混合在一起。他就站在床边，安静地端详着陆美仁，似乎在揣测她是不是已经睡着了，然后从枕头下摸出那把刀，在陆美仁还没来得及尖叫的那一瞬间，便毫不犹豫地砍向她的脖子。

“啊——”陆美仁失声尖叫，但叫得很难听，像被捏住了脖子的鸭子，这个梦把她吓出了一身冷汗。

林萧打开床头灯，皱着眉头，说道：“你干什么，三更半夜的别吓人好不好？”陆美仁惊魂未定地看着他，他是什么时候回来的？平时他多晚回来陆美仁都知道的，今天怎么睡得这么死？

“怎么了？睡吧，困着呢！”林萧拍拍她的手，翻过身，闭上眼睛。

陆美仁心里愈发难受，她突然觉得身边这个男人已经不属于她了，尽管他就睡在她的身边。陆美仁吞了吞口水，低低说着：“我刚才做了个梦，梦见你把我杀了。”

“哦，是吗？”林萧不冷不热地回应着。他的态度让陆美仁的心骤然冷到了极点：“你爱我吗？”

林萧白了她一眼，咂咂嘴巴道：“都老夫老妻了，还我爱你、你爱我的，腻不腻人啊？”

“你嫌弃我了是不是？嫌弃我老了、胖了，不如杜小倩是不是？”

“我说你这几天是怎么了？怎么神经兮兮的？我什么时候嫌弃你了？”

“难道不是吗？你别以为我不知道你跟杜小倩那点儿事情，就她那骚样，把你的魂儿都勾得不见了。你以为她是什么好鸟吗？还不是被人包起来做二奶……”

林萧猛一翻身，打断她的话："你说话怎么这么难听？她可从来没说过你的不是。"

"哈！不打自招了！嫌我说话难听？刚才还口口声声说不嫌我，现在狐狸尾巴露出来了吧！你跟她平时都在哪儿偷情的？是她家还是宾馆？她在床上很厉害是不是？"陆美仁真似一个泼妇，披头散发，唾沫横飞，声音高亢得刺耳，怕是隔壁的邻居都能听得一清二楚。

"你……真是不可理喻！算了，我不想跟你吵！"林萧铁青着脸，翻身下了床，拿起枕头往外走。

"不想跟我吵？你心虚了吧，让我说中了，你是不是想和我离婚然后跟那个贱人在一起？"

林萧懒得答理她，"砰"地关上房门，把陆美仁的无理取闹彻底隔离了。

"姓林的，我告诉你，想离婚没门，除非你把我杀了！"陆美仁的肺都气炸了，抓起枕头狠狠地砸到门上，然后哇哇哭开了。陆美仁深深爱着林萧，爱到从不怀疑他会对她不忠，所以，她从来没想过，如果失去林萧，她要怎样继续生活。她一直认为林萧也是深深爱着她，至少以前是这样。她还记得，生女儿荧荧的时候，林萧抱着大汗淋漓的她哽咽得说不出话；坐月子的时候，从未干过家务的林萧为了给她熬汤烫得手上全是泡……想到这里，陆美仁被感动了，她不能输给杜小倩，林萧是她的丈夫，她不能让杜小倩把林萧抢走。

陆美仁紧紧地盯着房门，她对自己说："数 100 下，100 下之内如果他进来道歉，我就原谅他，甚至愿意为了他去做美容、健身、减肥……"

她开始默数着，1、2、3、4、5……数得很慢很慢，以至于不知道数到了哪儿只好重新数，用这种自欺欺人的方法麻痹自己。可一直到东方破晓，房门却始终纹丝不动。

陆美仁投降了，她抱起一床毛毯，咬咬牙，拉开了房门。林萧早已斜靠在沙发上睡着了，如同蜷缩在母体里的婴儿，茶几上的烟灰缸里堆满了烟头。陆美仁上前轻轻地将毛毯盖在林萧身上。林萧翻过身，睁开眼睛，然后对着陆美仁笑了，笑得那么温柔，笑得那么甜蜜，把陆美仁心里所有的气都笑消了。陆美仁一头扎进他的怀里，呜咽着："老公，我真的很怕失去你！"

"傻瓜，你怎么会失去我呢？"林萧柔声安慰她，"我也不好，一心忙生意，没好好儿陪过你。好了，别哭，乖。"

5

三天后，陆美仁给杜小倩打电话说想去她家里拿照片加洗一张，杜小倩立马就答应了。其实陆美仁并非要加洗照片，而是想将照片毁掉。她记得小时候老一辈的人讲过，鬼魂常会附在它熟悉的东西上面，比如照片、画像等。所以陆美仁坚信，吴艳红的鬼魂就附在那张照片上，只要把照片烧毁，吴艳红的鬼魂就会跟着烟消云散了。

陆美仁来到杜小倩家时，杜小倩正在打电话，她还是穿着那件近乎透明的丝绸睡衣，光着脚，脚趾甲涂着鲜红的指甲油，脚脖子上挂着一条精致的链子，长长的鬈发自然地披散开来。陆美仁不想看她，可余光却无法从她身上移开——她真是漂亮得让人生厌。

杜小倩给她倒了一杯可乐，然后继续打着电话，语气中尽是温柔与关怀，不时地发出笑声，笑得肆无忌惮，花枝乱颤。陆美仁的脑海里很快闪出了两个字——淫荡。是的，尽管她表面上跟杜小倩情同姐妹，可事实上她对杜小倩是恨之入骨的。当然，这种恨里面更多的是嫉妒。

杜小倩终于打完电话，她转过身，笑盈盈地说："听说你们前两天吵架了？"

陆美仁的心往下一沉。怎么回事，他们吵架的事，林萧也对她说吗？

陆美仁撒了个谎："没有啊，我们从不吵架，他跟你说我们吵架啦？"

杜小倩没有答话，而是说："你呀，其实应该多理解他一些，他也不容易，每天那么多应酬。你的性格我了解，硬脾气、不服输，有时候还喜欢钻牛角尖。你可别不高兴，我是为你好才这么说的，你跟我不同，我还是单身一人。所以你要好好儿改一改你的脾气了，这样夫妻才能和睦相处啊！林萧是个好男人，你可别让他飞了。"

"当然不会，我们一直都挺好的。"陆美仁恨得咬牙切齿，杜小倩这是啥意思？教她怎么做一个妻子？她和林萧结婚八年多了，还用杜小倩来教？更何况前几天若不是为了她，自己会跟林萧吵吗？

"那就好，我是真心希望你们好好儿的。对了，你等我一下，我先去趟厕所，一会儿拿照片给你。"

杜小倩刚进厕所，她的手机就响了起来，这次的铃声是信乐团的《死了都要爱》，跟林萧的手机铃声一模一样。林萧的铃声还是陆美仁让他换上去的。

厕所里传来杜小倩的声音："美仁，你帮我接一下，就说我在洗澡。"

陆美仁有些恍惚地拿起手机，只见屏幕上显示着林萧的名字。她木然地按下接听键，把手机贴到耳边。这一刻，她觉得自己就像是一个傀儡，被人玩弄于股掌之上，却又无法挣脱。

"喂？倩倩吗？"

倩倩？叫得多么亲热！陆美仁心里一酸。林萧接着说："明天下午你来我们公司拿玫瑰花，我听你的，一共是九百九十九朵，然后晚上八点老地方见。记住了，千万别让陆美仁知道，咱们要做得神不知鬼不觉……”

陆美仁像是突然掉进了冰窟，全身冷得发抖。这就是她的丈夫？跟她同床共枕了八年多的丈夫？九百九十九朵玫瑰花……他怎么可以这样对她？还交代杜小倩千万别让她知道，他怎么可以？

陆美仁瘫软在沙发上，她失神地盯着手机屏幕，满脑子都是林萧刚才那番话。稍过半晌，她全身一紧，扔掉手机逃命似的跑出杜小倩家。“千万别让陆美仁知道，咱们要做得神不知鬼不觉……”她在林萧的电话中嗅到了一种奇怪的语气，或者应该说，那是杀气。

⑥

林萧今天有些反常，九点钟就下班回家，手里提着一个黑色的塑料袋，不知道装着什么，就是有点儿腥味。他一进门就给陆美仁一个拥抱，林萧很久没有对她做出这种亲昵动作了，每次都是陆美仁主动上前拥抱他，有时候他还嫌烦，怕被人看见笑话。而今天，他不仅主动拥抱她，还深情地吻了她。

陆美仁不觉得高兴，反而是恐惧得快要窒息，她感觉那股杀气就隐藏在林萧的吻后面，他的吻是有毒的，试图将他们八年多的婚姻毒死。

“你先看看电视，我到厨房忙点儿事情。”说完，林萧提着那个黑色袋子进了厨房，他素来不进厨房的。

不一会儿，陆美仁听见林萧在摆弄高压锅的声音。杜小倩说，那个医生把他老婆杀了，分尸，然后把他老婆的头放在高压锅里炖……想到这里，陆美仁神经质般地走到电视机旁，从柜子里拿出一把扳手，这是她下午从杜小倩那儿出来后，到楼下的五金店买的，她原本想买那把最大的，可是拿起来有些吃力，所以就挑了这把。五金店的老板好心地向她推荐："买老虎钳可能会更好。"陆美仁骗他家里的水管坏了。

陆美仁慢慢地向厨房靠近，紧紧抓着扳手，抓得那么紧，手背上的青筋一一暴露出来。

厨房里，林萧正蹲在地上，背对着她，埋头在弄什么，未曾注意到身后的陆美仁。

陆美仁屏住呼吸，死死地盯着林萧的脑袋，汗水顺着她的额头悄悄往下滑，滑过了眉毛，就快要跑进眼眶里了。她猛地举起扳手，用力砸下去，一下、两下……林萧闷哼一声，转眼间就倒在了血泊当中。

陆美仁仍然死命砸着，她必须要他死，在他跟杜小倩合谋想杀死她之前。然后，她终于累了，似乎已精疲力竭，瘫软在地上，愣愣地看着血肉模糊的林萧。很奇怪，她竟没有丝毫负罪感。

林萧的手机响了，陆美仁爬过去从他的裤兜里摸出手机，只见屏幕上显示着杜小倩的名字，她陡然冒出一个念头，干脆把杜小倩骗过来。事到如今，她不在乎再多杀一个人，况且还是杜小倩让她变得一无所有。

"喂，林萧，你不是说明天让我去你们公司拿玫瑰花吗？这样吧，你派个下属直接送到我的咖啡厅来吧，九百九十九朵，我可拿不动呀……喂，林萧，你在听吗？说话呀！"

"是我。"陆美仁的语气出奇平淡。

"哦，美仁啊，都被你听到了啊？林萧本来还打算给你一个惊喜呢，明天不是你们结婚九周年纪念日吗？所以他定了玫瑰花……对了，我还让林萧带了一只农家鸡回去，用高压锅炖一下就可以了，他说你最近身体不好，精神恍恍惚惚……"

尾　声

“艳红……”

“杜小倩，”不耐烦地打断了坐在她对面那个男人的话，“我跟你说过多少次，不要叫我艳红，我叫杜小倩，杜小倩！”

“好，我下次一定记住。”男人点点头，他是这座城市最有名的整容医生连麦，“不过有件事情我一直想问你，杜小倩……是你杀的吗？”

“在这个世界上只能有一个杜小倩，那就是我。话说回来，我真得好好儿感谢你，手术做得这么完美，陆美仁还以为我死了，她万万没想到我会以杜小倩的身份回到她身边。”

连麦眯着眼从包里拿出两张机票：“艳……哦，小倩，林萧已经死了，陆美仁也疯了，现在你的仇也报了，我们明天就去美国好不好？那边催了我很多次，让我过去发展。”

“我不去，要去你自己去！”“杜小倩”冷哼一声。

“为什么？”连麦像是丈二和尚摸不着头脑。

“你以为我愿意跟一个可以做我父亲的老男人私奔吗？可笑！”

连麦挺直身子，不可思议地望着她：“老男人？咱们不是说好的，等你报了仇我们就一起去美国。我为你付出那么多，为你抛妻弃子，还不惜装成换煤气的把刀放在林萧的枕头下……”

“那又怎样？”

“你就不怕我把所有事情抖出去？”连麦失望极了，话中带着威胁。

“杜小倩”点了一根烟，静静地跟他对视着，然后露出一个倾国倾城的微笑，靠近他身边，一字一顿地说着：“不怕，因为死人是不会说话的！”

夺命长廊

王　珂

1　身后有人

身后的脚步声越来越急促，周道的呼吸声也越来越急促，他不敢回头看，在这个传说中经常出现离奇遭遇的地方。声音戛然而止，周道停了下来，微黄的街灯下，只有他自己。

“难道是自己酒喝多了？”周道抹了抹头上的冷汗，回过头，眼前冒出一个人。

脸色格外苍白，长帽遮住了他大部分的面目，但周道还是看到了他的眼睛，一双空洞而鲜红的眼睛，他的嘴角微微抽动，露出一个黑洞，他竟然没有舌头！

“你……你是谁？”周道悚然退后。

黑洞慢慢地张开，模糊不清的话语从他口中漏出：“去……死……吧！”

声如夜魈，周道起了一身鸡皮疙瘩，他冲开眼前人，夺路而逃。

灯光昏暗，周道不知一口气跑了多远，等他停下来时，身后没有人，那个古怪的家伙并没有追来。

“疯子，绝对是个疯子！”周道抱怨着，背靠在校区湖畔的柳树上。

“去……死……吧！”

疯子的声音又飘了过来，周道本能地转了身，但环顾四周，根本没有人。

“见鬼！”周道狠狠地骂出一句，但很快他就后悔了。疯子的声音开始如同群蜂蚁山一样向自己的耳朵冲击过来，看不见任何人，但声音却越来越清晰，越来越尖锐，如同一根根针刺入周道的耳膜里。

周道跪倒在地，两只手不停在耳上揉搓，只觉得双耳痒得难受。

“血？”周道的耳中流出黑血，他绝望地叫道。

“救命！谁来救救我？”周道大声喊，但自己却完全听不到自己的声音。

浓烈的血腥味钻进了周道鼻中，丝丝的血幕一点点地掩盖了周道的世界。

他又出现了，当周道陷入弥留之际，他苍白的脸贴了上来，用一种令周道觉得无比熟悉的声音说道：“去……死……吧！”

周道闭眼的刹那恍然发现，这熟悉的声音，竟是属于自己的。

2　恐怖长廊

左文思和哥杭望着面前不停颤抖的平头男孩，哥杭拍了拍他的肩膀：“曹壮，真有那么恐怖？”

曹壮点头：“你没看见周道死前的表情，舌头被人割掉了。他就那么……那么睁着眼睛望着天,像是死不瞑目……”

左文思让曹壮坐下,给他端来一杯水。曹壮是他以前的初中同学,由于成绩原因没有同左文思一起考上一中,而上了城北二中。

左文思望着曹壮的眼睛问:“你是不是还有些别的事情瞒着我们?”

曹壮苦笑一下:“果然还是左文思,一直以来都没有什么能骗得了你。不错,我还有些事情没有说。”

“什么事情,是不是与周道的死有关?”

“可能,我只能说是可能。但是,这件事情发生后的几天里我一直在做噩梦。然后,就是周道的死,我很害怕,也很担心,担心下一个死的人就是我。”

“说吧,究竟是什么事?”左文思问道。

“事情发生在五天前,”曹壮顿了一下,“就在我们学校里那条传说的恐怖长廊上。我和周道那天喝了点儿酒,周道硬拉着我上了二楼通往图书馆的长廊,我当时并不想去,因为我还没喝醉。事实上,自从我到二中以后就一直听闻着那条关于黑色长廊的恐怖传说,所有亵渎过长廊的人都没有好下场。”

“恐怖长廊?”左文思在曹壮对面坐下,“我好像也听二中的朋友说过这条长廊的故事。”

曹壮点点头:“恐怖长廊,人们都说它是一条被诅咒过的长廊。许多人在走过那条长廊时都能隐约听见有人在唱歌,声音美妙,如同天籁。但却没有一个人看见过唱歌的人,而且歌声变化很快,一会儿男,一会儿女,甚至有像鬼一样的号叫声。周道本是我的舍友,他最讨厌的就是这些鬼神传说,只要被他听见有人说这些故事,他就当头骂一顿。当时我也拗不过他,我们两个就一起上了三楼,开始时并没有发生什么,不过……”

“不过什么?”哥杭问。

“不过,当周道在走廊墙壁上写下那几个字时,就真的有古怪的声音不知道从走廊的什么地方飘了出来,像是苍蝇一样将我们包围住,我当时甚至不能够呼吸。后来,我总算逃了出来,而周道就真的死了。我也开始相信恐怖长廊真的存在。”曹壮说完,把杯子里的水“咕噜咕噜”灌了下去。

左文思静静地听曹壮说完一切:“你怎么来找我?”

曹壮的脸突然红了红:“是……是张桐。她告诉我说,这些事情,你和哥杭最有兴趣,而且也只有你们能帮我。”

哥杭坏笑地望着左文思,左文思脸色也微红,淡笑:“她倒是看得起我。”

“对了,周道在墙壁上写的是什么字?”

曹壮咽了口唾沫,一字一顿地说:“去……死……吧!”

3 恐怖来袭

左文思和哥杭在曹壮的带领下来到了城北二中,走上了这条传说中的恐怖长廊。长廊位于二楼微机室和三楼图书馆中间,大约 100 米,最西头连着楼梯拐角,而东头则只是一面空白的墙壁。

“这就是周道写的?”

“去死吧!”墙上歪歪扭扭的几个字,如同爬虫。

哥杭大大咧咧地说道:“就这三个字就把周道害死了?”

曹壮在两人身后,小心地环顾着周围,虽然还是白天,但这条长廊却如同被一团冷气覆盖,寒冷中带着点阴郁的味道。

“这是什么?”左文思突然指着周道字下,墙角处的几个模糊痕迹问。

“鬼才怕你!”哥杭趴在地上才把那几个字读了出来。

“这……周道非让我写,我本不想写的。”曹壮抱着头。

左文思望着曹壮:“所以,你才这么害怕。害怕如果真的有鬼,也会来害你。”

曹壮耷拉着脑袋,耸耸肩膀,算是承认。

左文思上下左右打量着整条长廊,总觉得哪里有点儿不对劲,但一时又想不出什么。曹壮害怕得要死,再也不敢住在二中了,跟学校请了几天病假,随着左文思和哥杭两个人一同回到一中。

哥杭整理着宿舍床铺:“嘿,算你走运。林则这家伙回家去了,最起码要四五天才能回来,你就先睡他的床吧。”

曹壮沮丧地点头:“怎么都行啊!”

半夜睡醒,左文思觉得脸上有点儿痒,睁开眼睛发现有张脸正浮在天花板上,眼中不停地闪烁着红光,死死地盯着左文思。左文思想要呼救,却发觉自己的身体完全动弹不得,嘴里也发不出声音,浮脸慢慢下降,来到了左文思的眼前,一股腥臭味扑鼻而来,左文思本能地闭上眼,躲避那目光。

过了好久,左文思的身体又恢复了知觉,他摸了摸脸,冰冷得很,或许,刚才不过是自己的梦而已。

左文思从上铺爬了下来,有一个人正愣愣地站在床下,把他吓了一跳。

左文思仔细一看,站在面前的是曹壮,他一动不动地站着,眼睛死盯着左文思。左文思感觉身体仿佛被两道冰箭击中,开始不停地颤抖,他张开嘴,却发现喉咙中似乎被塞进了石头,每个字都如从石缝中挤出来一样:“曹壮,你怎么站在这里?”

哥杭被左文思怪异的声音惊醒,睁眼望着两个人:“你们干什么?”

曹壮摇头:“我要去厕所,怎么就愣住了呢?”曹壮转身离开,左文思顿觉身体上的不适感消失了,而在曹壮离开的瞬间,左文思模糊地望见在曹壮背后还浮着另一张脸,目光中红光闪烁。

“你觉没觉得曹壮有点儿不对劲?”

哥杭起身:“没有,你是不是多疑了?”哥杭捂着肚子也向厕所走去。

在厕所一番爽快后,哥杭走了出来。一阵细微的歌声突然从旁边的盥洗间中传了过来,听声音像是曹壮,哥杭笑笑说:“没瞧出来,这家伙唱得还不赖。”

哥杭听了几秒钟,刚想往回走,但抬起的脚刹那僵住了。因为他又听到了除曹壮外的第二个声音,是一个女声,应该是一个年轻的女孩,声音甜美动人,如黄莺出谷,配合着曹壮在唱歌。

“男盥洗间里怎么会有女生的声音?”哥杭歪着脑袋,小声嘟囔着,不由自主地走了过去。

哥杭走到门口,声音陡然变化,由女声变为了低沉的男中音。哥杭很纳闷,他缓缓把门推开,盥洗间里只有曹壮一个人。

曹壮站在水池前,额前的头发已被打湿,他目不转睛地望着水池,似乎里面有什么。

“喂,曹壮,你发什么愣?”哥杭靠近他。

曹壮还是不回应,哥杭终于觉得有些不对劲了,他走近拍了拍曹壮,曹壮身体晃了晃,慢慢地回过头,目光暗淡迟钝,问:“你怎么来了?”

哥杭凑上来,水池里只有存水,里面映照着曹壮的脸。

“你小子赶快回去睡觉，少在这里装神弄鬼！”哥杭甩甩肩膀，向外走去。

“你说谁在这里……装神弄鬼？”曹壮问道，说到后面四个字的时候，声调陡然升了上去，变成一个尖锐的女声，哥杭背后一麻，转头去看。

曹壮目光中正闪烁着红光，妖冶地望着他。

“我没有装神弄鬼，你不要害怕。”曹壮的声音又变成了一个低沉的男声。哥杭觉得自己的身体已经麻了，就在这时一只手突然伸了出来，牢牢地抓住他。

“妈呀！”哥杭惨叫。

“别叫了，是我！”左文思喝止了哥杭，抬头再看时，曹壮已经不见了。

4 曹壮失踪

曹壮失踪了，就像从未来过一样。左文思和哥杭找了一晚上，也没有一点儿线索。

第二天，两个人又找了一早晨，还是没发现曹壮的踪迹。左文思道：“或许，他是回去了。我看我们下午再去趟二中。”

中午，两个人赶到城北二中，刚一到，哥杭的肚子就不争气地叫了起来，他一脸无辜地看着左文思：“这不能怪我，你看这都已经中午了。”

左文思其实也觉得有点儿饿，但他不想在这里停留太久，如果碰见了张桐，怎么向她解释曹壮失踪的事？毕竟人是她介绍去的。

城北二中的餐厅很大，足有一中的两倍，哥杭感慨：“我后悔去一中了。”

左文思打了两份套菜，菜品不多，但绝对足量。哥杭风卷残云地扒拉了两大碗白饭，吃了一份套菜，然后又喝了两碗粥，这才打住。

左文思抬起头，目光瞬间被一个人吸引住，黑色马尾辫甩在身后，灿烂如钻石一样的微笑让人目眩。她究竟什么时候变得如此美丽，真是无法相信她竟在自己身旁待了三年。

“你……好。”左文思打了招呼，依然无法摆脱尴尬。

女孩走了过来，正是两个星期前在秦远别墅重识的初中同桌，也是介绍曹壮来找自己的张桐。张桐大方地坐了下来，身旁还跟着另一个身穿休闲装，长发披肩的女孩，左文思只扫了一眼。

哥杭打着饱嗝儿，目光停在了张桐身后：“这位美女是?”

“哦，她是我的新室友。这两天才来S市的窦芊芊。”张桐正式介绍。

说实话，窦芊芊不仅模样清秀，身材也是玲珑诱人，正合了哥杭的心意，这小子的目光再也没离开过窦芊芊。左文思从桌下踩了哥杭一脚，哥杭这才发觉自己的失态，呵呵地傻笑。

“对了，怎么没看见曹壮，他不是和你们一起走了吗?”张桐问。

左文思一脸为难，但还是把昨晚发生的一切给两个人详细地解释了一下，当然没有说得那么恐怖，只是说曹壮有可能先离开了一中，回到了二中。

“这小子，自己走了也不说一声，”张桐喃喃道，“可我下午还有很重要的课，要不然我就可以带你们在二中找找他了。”

窦芊芊突然开口：“我下午不上课，就让我带着他们逛逛二中，顺便也认识一下。”

左文思听说张桐不能陪自己，心里还是有点儿失望。直到此刻他才将窦芊芊瞧清楚，果然很漂亮，也就答应了。哥杭自是巴不得如此。

下午，窦芊芊引领着左文思和哥杭把但凡曹壮可能去的地方都找了一遍，依然没有发现他。虽然没有找到曹壮，但两人同窦芊芊熟识了不少，知道窦芊芊原来在M市，父亲是位历史系教授，因为父亲工作的原因，这才离开M市，来到S市。作为美术特长生，她许多文化课可以不必学习，所以时间还算自由。而对于左文思和哥杭这两个逃课习以为常的人来说，上不上课对他们没什么区别。窦芊芊说不仅自己的父亲喜欢稀奇古怪的东西，就连她自己也相当喜欢，可能是基因的关系，这个小姑娘自小就有强烈的好奇心。

下午4点，三个人将整个校园除了长廊以外都转了一遍，还是没有发现曹壮的身影。

窦芊芊突然道："我也听张桐说过曹壮的事。你说他会不会又去了恐怖长廊？"

左文思心中一亮，点头说："不错，有道理。"

哥杭附和道："那我们还等什么，快去吧！"

左文思第一次发现哥杭如此踊跃，如同一只撒欢儿的小鹿，蹦啊跳啊跟在窦芊芊身后。左文思刚想笑，突然醒悟，自己不会也变得和这怪物一样吧？

左文思又不经意想起了张桐，心中暖暖的，脸上红红的。

5 图书馆的笑声

这条恐怖长廊依旧没有人，事实上除非不得已，否则没有一个人愿意到这里来。

百余米的长廊一眼望穿，左文思来到东头巨大的墙壁面前，空气中似乎弥散着丝丝怪异的味道，如同腐烂的木头，潮湿还带着几分腥臭味。

“你们看！”窦芊芊突然说。

两个人顺着她指的方向看去，墙角的位置，周道写下的“去死吧”三个字竟开始变得血红起来，然后慢慢地开始蠕动，就如同三条红色的虫子，从僵死的状态慢慢开始复活。

哥杭站在了窦芊芊身前，但整个人已开始颤抖。

窦芊芊却很镇定，脸上露出了兴奋的神色。

红色字迹爬了下来，形状开始不规则，但全都拖长，如同三条血绳，向三个人袭来。

“走！”左文思刚喊出这个字，突然觉得脚跟处一紧，整个人扑倒在地，血字绳瞬间蔓延到了膝盖，哥杭则一味地挡在窦芊芊身前，两条血字绳也将他拉倒在地，如同两条血色蜈蚣，爬向哥杭嘴边。

血字绳直直蹿向了左文思的嘴里，左文思空出一只手紧紧地抓住血字绳，但手中这条似绳非绳的东西异常滑腻，左文思眼看着它缓缓脱离了自己的控制，一点点钻进自己嘴里。

冰冷死亡的感觉，一触即发。

“离开，都离开！”窦芊芊突然大叫一声。

左文思手中的血字绳在空中停滞，然后化为灰尘消失在他眼前。左文思不可思议地站起身，发现哥杭也是怅然若失地躺在地上，围绕着他的血字绳也消失了，而窦芊芊正扶哥杭站起，左文思瞥见她手里握着一个古怪的瓶盖。

“谢谢你保护我。”窦芊芊微笑着对哥杭说。

“应该的。”哥杭傻笑。

左文思望着窦芊芊，问：“那是什么？”他指着那个古怪的瓶盖。

“这个……”窦芊芊脸上带着兴奋的表情，“这是我的护身符。”

窦芊芊看着一脸茫然的两个人，笑了笑：“它是爸爸送给我的，爸爸一直说它可以保护我。刚才在危险时刻，我大叫了一声，它就自己从我怀里飘了出来，然后散发出金色的光芒，接着那些可怕的红色绳子就都消失了。”窦芊芊将护身符小心放回胸前，“看来爸爸说得没错，它真的可以保护我。”

左文思点点头说：“这可能是辟邪的宝贝。”

一阵尖锐的笑声突然穿透三人面前的墙壁传过来，左文思与窦芊芊齐声道：“图书馆！”

图书馆的门虚掩着，左文思推门而入，图书馆里并没有人，长长的书桌紧贴门内侧一直排到头，十几个书橱整齐列队。笑声渐渐变弱，三人追随着声音来到角落里的一扇黑色小门前，小门前堆满了书。

“这应该是图书馆管理员的房间，我记得他姓方，叫方正。好像原来还是个老师，后来调到了图书馆做管理员。”窦芊芊说道。

左文思伸手握住门把手，门是锁住的。而此时，尖锐古怪的笑声已听不到，三个人愣在小门前，左文思在犹豫，窦芊芊说：“要不我们等张桐下课了再来，她应该认识管理员，比较好说话，有什么问题也可以问清楚。否则，我们这样莽撞会引起误会。”

“好，我们等张桐下课再来。”左文思附和着。

三个人回身来到门口，左文思望着一眼到头的书桌，不知道为什么心里总觉得怪怪的，而走在前面的哥杭突然叫了起来：“这……这是怎么回事？”

图书馆的门此刻紧紧地关闭着，本是玻璃材质的大门竟变成了一扇黑色的小门。左文思恍然，他终于想明白了不对劲的地方，方才进门时所有长桌都是深黄色的，而此刻，它们都变成了黑色。就如同一扇扇黑色的门，毫无缝隙地关闭着。

“难道真的有……鬼？”哥杭一句话道出，三人身上都是一凉。而在三人身后，那扇关闭的黑色小门内，一阵阵尖锐的笑声再次响起。

⑥ 致命歌喉

黑色的小门缓缓地打开，笑声一转，变成了美妙女子的歌声，如同黄莺翠鸟，舒适动听。而接下来，声音突变，成了一个高八度的女高音，震荡的歌声把三人听得浑身发颤。

窦芊芊紧靠在哥杭身旁，抓着他的手，哥杭感觉到她的手心里已经全是冷汗。

黑门里的歌声继续，窦芊芊突然指着黑门叫道：“看，图书馆的门开了！”

果然，图书馆的正门打开，黑色的门缓缓后伸，如同拉开一道序幕。

黑门终于敞开，而在敞开的刹那，如野兽般的号叫声从黑门里一涌而出，一声连着一声，左文思捂着耳朵，三人一起后退。

三人身旁的长桌开始震动，接着一扇扇黑色的小门在桌面敞开，如同无数只来自地狱的黑手，而桌面黑门敞开后，依旧是或美妙、或可怕的歌声。几十张长桌，几十个不停变换着的歌声，交织成一张巨大又无法逃脱的声音杀网，飘来的歌声则如同一把把锋利的匕首刺进三人耳膜。

哥杭蹲下身子，窦芊芊被他拉着也蹲了下去，左文思望见哥杭耳朵里冒出了黑色的血块。

左文思双眼带着恐惧和愤怒，冲着无数敞开的黑门大叫："曹壮，你出来!"

声音戛然消失，图书馆恢复了平静。

"消失了?"哥杭问。

左文思还没来得及回答，从视线尽头的黑门中，一个人走了出来，脸上带着古怪的微笑，双目中闪烁着红光，声如幼儿："你找我?"

从黑门中走出来的正是失踪的曹壮。他看上去面色苍白得吓人，眼睛如同鲜血一样红得诡异。

"你是曹壮?"左文思怀疑地问。

"我是曹壮。"声音恢复成曹壮的音调，他走了过来。

左文思盯着他的眼睛，突然猛地将曹壮扑倒，然后大叫："窦芊芊，快把你的护身符给我。"

窦芊芊把护身符扔了过来，左文思接住护身符狠狠地压在曹壮的眼睛上，图书馆里所有的黑门在一瞬间倏然关闭，书桌和窗户也都恢复如常。

曹壮缓缓醒来，他睁开眼睛望着左文思，激动地抱着他，而后张开嘴，却什么话也说不出来。

左文思浑身震颤，曹壮的口中，舌头已经不在了。

"你们是谁?在图书馆里胡闹什么!"一个男子冲了进来，高瘦身材，戴着一副金边眼镜，双眼中布满了震惊和恐慌，似乎在竭力掩饰着什么。

"方老师?"窦芊芊问。

"你是?"方正愕然地望着眼前的女孩。

"图书馆里发生了一些不可思议的事情，我们觉得周道同学的死很可能与图书馆有着某些联系，或许他就是被图书馆里的人杀死的。”窦芊芊俨然一副侦探的样子。

“你在胡说什么？这个图书馆里只有我一个管理员，难道你认为是我害死周道的？”方正眼中的慌乱之色更加清晰。

左文思拉起曹壮，掰开了他的嘴：“方老师，你好好儿看看，这就是图书馆正在发生的事情！你身为一位老师，我希望你真的什么都不知道，否则就算你可以逃脱法律的制裁，良心上也会受一辈子的谴责。”

方正目光逃避，低下了头。

左文思拉着三人离开了图书馆，只留下了方正落寞的身影。

7　方正自首

左文思和哥杭把曹壮带回了宿舍，窦芊芊的意思是先带曹壮去医院，但曹壮却不想去，左文思看他精神还不错，就顺从了他的意见。窦芊芊去找张桐。

哥杭去买晚饭，左文思见旁边无人就问曹壮究竟发生了什么事情？

曹壮无法说话，就在纸上写着：“我没什么印象，唯一一次恢复意识时，我记得是在一个很小很黑的屋里，小屋里有股怪味，就像发霉了一样。接着，有人在唱歌，有男人、有女人，还有小孩，但我什么也看不见，当我拼命想呼救的时候，却发现自己说不出话来，舌头……不见了。”曹壮写着，精神有点儿激动。

左文思安慰着他。哥杭回来了，左文思和哥杭简单地吃了晚饭，曹壮并没有吃，说自己胃口不好。

没过多久，窦芊芊和张桐来了，哥杭抱怨道：“怎么这么晚？”

张桐面色严肃，望着三人：“我刚从主任办公室回来。刚刚方正去警察局自首了，承认了周道还有三年前失踪的几个学生，都是他害死的。”

左文思静静地听着：“原因呢？”

“方正原来是位音乐老师，而且还小有名气，在国内一些比赛中拿过奖，现在的图书馆在几年前其实是个音乐教室，方正就在里面教课。几年前，他带了一班学生，里面有几个很调皮，甚至非常野蛮，他们觉得音乐不过是附庸品，是小丑和低等人取悦他人的工具，他们不止一次在音乐教室外的长廊墙壁上涂抹乱画，甚至在方正的课堂上殴打其他学生。方正开始是容忍，后来他再也无法忍受这些学生对他毕生追求的艺术的侮辱和亵渎，就进行了残忍的报复。他暗中叫了那几名学生来到教室，然后将他们分别杀死，再把他们的尸体抛进校湖里，然后他录下许多人的歌声和笑声，利用二楼和三楼之间的长廊恐吓那些企图在墙壁上涂鸦的学生。当时那几名学生的失踪引起了不小的风波，警察和学校找了很久也没有找到他们，最终只能以学校出面赔偿学生家长一大笔钱了事。方正自这件事发生后也变得越来越孤僻，经常在课堂上打骂学生，校领导也多次找他谈话，但始终无济于事。最终学校关闭了音乐教室，改成了今天的图书馆，而方正也就留在图书馆当了管理员。”张桐将事情的缘由一一道来。

曹壮听得浑身颤抖，强忍着愤怒，手握成拳头。

左文思在听的过程中一直微皱着眉，他凝望着曹壮：“你觉得一切都是方正做的吗？”

曹壮很茫然地在纸上写下：“我实在不知道究竟是谁做的，但我始终有一种强烈的感觉，这感觉强烈得就像刻在我脑子里一样。”

“什么感觉？”

曹壮深吸一口气，在纸上写了下去，左文思望见他握笔的手用了很大的力气才没有继续颤抖：“我对他的感觉只有一个，就是，他的全身似乎每一个地方都在说话，就像身上长满了舌头一样。”

哥杭望着曹壮写下的文字，只在脑海中想想就忍不住浑身发冷，笑道：“不可能吧，那不真成了怪物。”

左文思开口道：“其实，我也觉得有点儿奇怪。如果真的是他做的，我们所经历的恐怖遭遇如何解释？”

张桐想了想：“对了，方正也曾说，他在录音里夹杂了一些催眠的音符，听久了会让人产生一些不真实的幻觉。难道，你们也被催眠了？”

左文思摇头：“我不知道，我从没被人催眠过，不知道催眠后是什么感觉。”

几个人讨论了很久。

“先这样吧，明天我们再打听打听，一定把这些事情搞清楚。”左文思终止了谈论，几个人都很疲倦，今天实在发生了太多可怕的事情，大家都回宿舍休息了。

凌晨1点多，两道身影来到了图书馆楼前，悄无声息地闪进了大楼。

⑧ 舌　头

“我们这样做有必要吗？”哥杭嘟囔着，“明明已经真相大白了，我们还要溜进来调查？”

左文思将手指放在口前，“嘘”了一声。

两人又来到了恐怖长廊，漆黑的长廊里没有一丝光亮，哥杭拿出了手机，两个人并排走向这条始终被恐怖所笼罩的长廊尽头。

“哥杭，你闻到了吗？是血的味道！”左文思突然开口。

哥杭点点头。

血腥味道越来越浓，在这视觉无法发挥作用的时候，其他感官则更加灵敏。血腥味如同一张大网将两人包裹住，左文思甚至怀疑，在自己脚下或者面前会突然出现一具尸体，满身是血。

“左文思，在这里！”哥杭小声呼唤着。

左文思一步步靠近，不知道为什么手机的光亮越来越微弱，可能快要没电了。哥杭停在走廊尽头那巨大的墙壁前，左文思走了过来，一道道血痕如活的植物般开始从墙壁内一点点地渗透出来，张牙舞爪，左文思拉着哥杭小心地退后几步，提防着如白天发生的情况再次出现。

墙壁上的血迹渗透得越来越明显。血迹没有四处流溢，而是直直的如同比例尺画下来的一般，在两人面前会聚成线，线连线而成为一个规则的矩形。左文思瞧得心惊，突然一个想法冒了出来，他不禁说出：“门，这是一道门！”

身后远处突然传来一个带着几分恐慌的声音：“左文思，你在哪里？我看不见你。”

这个声音，是哥杭的。哥杭竟然一直没有过来，左文思的汗水瞬间流下，自己手中现在拉着的如果不是哥杭的手，又会是谁的？

左文思发觉握着的手格外冰冷，他缓缓侧转了视线，一个人影慢慢出现，带着温柔的女声：“你……来了？我等你好久了。”声调一转，如鬼叫一般刺耳。人影衬着微弱的月光，左文思终于看见，他面色惨白，皮肤如同一块块干裂的橘皮贴在脸上，一双眼睛散发着灼热的红光。而最令左文思惊讶的是他的嘴，他的嘴张得很大很大，使其他五官紧密地扭曲着，而嘴里竟然没有舌头。

没有舌头，声音又是从哪里来的？左文思突然想起了曹壮说过的话——我对他的感觉只有一个，就是，他的全身似乎每一个地方都在说话，就像是身上长满了舌头一样。

“进来吧！”声如鬼哭，左文思感觉被一股巨大的力量抛了起来，而此时，墙上那道似有似无的血门，正缓缓地打开。

左文思在黑暗中醒来，周围如同冰窖一样寒冷，活动了一下手脚，没有什么大碍。他慢慢站起身，发觉身处的这个空间十分狭窄，如同一间单人监狱一样。左文思心想，这就应该是曹壮所说的关押他的小黑屋了。

左文思嗅了嗅，的确有种古怪的味道弥散在空气里，说不出是什么味道，不似血腥般浓烈，也不像发霉般令人作呕。这感觉，有点儿像是人的口气。

左文思轻轻触碰着周围的墙壁，估计着这个房间的大小，这个房间大概有 3 平方米，前后左右都是冰冷潮湿的墙壁，左文思仔细摸索着，想要找出些线索。

忽然，他停住了。墙上有什么东西，左文思一时思索不出这究竟是什么，只听见一个阴沉的男声问道：“你摸我的舌头干什么？”

左文思一个激灵，手中明显感觉出那东西在动，准确地说是在震动。

左文思迅速后退，靠在冰冷的墙壁上，朝着声音的方向问：“是谁？”

背后有东西硌到他，接着一个尖锐的女声响起：“滚开，你压到我的舌头了！”

左文思跳到一边。不知道什么地方突然打进了一道光线，左文思此刻有一种感觉，感觉自己正置身于地狱之中，有鬼相伴。

光线将小屋中的一切照亮，等左文思适应这光线时，却被眼前的景象所震惊。

在3平方米左右的空间内，上上下下，左左右右，如同苔藓一样长满了黑黄色的舌头，舌头在光线的照耀下微微地蠕动，发出不同的声音，男女老少，应有尽有。左文思觉得自己快要吐了，突然，这些舌头竟从墙上跳了下来，如同一只只肮脏的沼蛙向左文思蠕动过来。

“你要找寻我吗？”

“你要找寻真相吗？”

“……”

每一个舌头都在说话，全部灌入了左文思的耳中，左文思的脑子被扰乱得无法正常思考。

所有舌头瞬间如泥鳅一样爬上了左文思的身体，他无法控制自己的行动，那种怪异的口气令他无法呼吸。

数十条舌头蔓延到了左文思身上的每一个角落，眉毛上、鼻子上、嘴上、身体上……然后，一个淡淡的人影在左文思面前聚拢。

左文思睁开了眼睛，此刻，他无法行动，只有眼睁睁地瞅着。

人影慢慢凝聚成人形，一个年轻俊美的男孩出现在左文思眼前，他面色苍白，目光暗淡，而微微张开的嘴巴里没有舌头。

“你好，欢迎来到我的王国——声音宫殿。”声如天籁，无比动听。

⑨ 追寻记忆

左文思喘息着，望着面前的男孩问道：“你……究竟是谁？”

“我就是我。”男孩轻声道。

左文思顿了顿：“你才是隐藏在幕后的凶手。”

男孩微笑道:“他们的确都是我杀死的,但我不觉得自己是凶手。相反,我觉得自己更像一个救世主,洗涤着肮脏的灵魂。”

“残害生命,这样的结果叫做洗涤吗?不,这叫残忍,你就是魔鬼!”

男孩突然张开手,一个淡淡的光球出现在左文思眼前,左文思感觉眼前恍惚,似跌进了一个虚无的世界中。

左文思缓缓张开了空洞的双眼,一幕幕影像如同黑白电影般映照在他的瞳孔之上。

第一幕,出现在一个音乐教室里,一个俊美的男孩站在乐台上高兴地吟唱着一首歌曲,十分动听,在场的大多数人已经开始鼓掌,但有几个高大的男孩却愤怒地注视着这个男孩。男孩身后,一脸自豪的音乐老师拍了拍他的肩膀,赞扬着:“好,影华。只要以这个水平,今年校内歌唱比赛的冠军非你莫属!”左文思认出了这个老师,他是方正。

名叫影华的男孩脸上洋溢着微笑,这一刻,他可能永远无法相信接下来发生在他身上的可怕遭遇。

第二幕,影像一转,一条空荡的长廊出现在左文思眼中。几个高大的男生将影华围在中间,推打着他,一个男生阴冷地说:“你真低贱,以为自己会唱个歌就了不起了,见了我竟然连招呼都不打,但见了女孩却像恶狼一样。呸!我最讨厌你这种小白脸了!”

男生们围住影华,不让他逃脱,开始在他身上淋小便,影华挣扎着,脸上被踹了无数脚。这个时候方正出现了,他制止了他们,然后拉着影华来到了音乐教室一个放置器具的储物室,给影华涂上了药。

“方老师,你说我怎么办?他们威胁我,不让我以后再唱了,我到底该怎么办?”

方正安慰着影华:“你喜欢唱歌吗?”

“喜欢，我从小就喜欢唱歌。”影华点头说道。

“那就不要放弃。那些小混混，以后再找你麻烦时，你就来找我，我一定帮你对付他们。不过，你要答应我，不能放弃。明白吗？”方正的目光灼热，影华茫然地点点头。

第三幕，场景来到了学校操场，千余名学生围坐在搭建而成的歌唱台下，台上拉起了一面巨大横幅——欢迎省教育局各位领导莅临S市城北二中第一届校园歌唱比赛现场。主席台的嘉宾席上坐着几个有模有样的中年人。

歌唱比赛持续进行，左文思瞧见了坐在台下最前面的方正，但没看到影华。台上一位戴眼镜的胖子把方正叫了去，面色不悦，方正从台上下来后，没有继续观看比赛，而是直接走了。

方正在音乐教室下的长廊里找到了昏迷的影华，影华被扒光了衣服。方正拼命地摇晃着沉睡中的影华，影华苏醒，他哭着说，是那几个男生打昏了他，还抢走了他的衣服，不让他参加歌唱比赛。

方正却像疯子一样拼命摇晃着影华，大喊：“你这个小浑蛋，你知不知道你坏了我的大事！”

原来方正早在一次全国比赛中伤了自己的嗓子，这一辈子都无法再唱歌了。他把所有的希望都寄托在了这个音乐神童影华的身上，本想着可以依靠他继续自己的歌唱事业，从台前转为幕后，成为一位受人景仰的音乐老师。这一次，实际是他特意托关系将省里的领导拉到了二中，本以为可以借助影华巩固一下自己在这些人脑海里的印象，没想到影华却没有到场参加比赛，害得方正被省里的人狠狠训斥了一番。方正恼羞成怒，将心中的怒气发泄出来。

“啪！”影华被方正一巴掌打翻在地。

影华从地上缓缓爬了起来,哭着离开了。

第四幕,时间变成了晚上,空旷的音乐教室里。方正焦急地等待着,他很后悔,虽然这一次影华没有表现自己的实力,但只要有他在,总有机会让自己翻身。方正约了影华,他要向他道歉,同时要帮助影华制订更完整的成才计划。

“嘎吱”一声,教室门打开了。瘦小的影华来到方正身前,他满脸是血,嘴里也都是血,而舌头拖拉着一半,竟断了。

“他们割断了我的舌头,还划破了我的脸。”影华痛哭着。

方正先是愣在原地,然后猛地将影华推开,大叫:“完了,都完了。没有舌头,你还算是个什么东西,还不如去死!”

谁知道方正这一下用力过大,影华小小的身躯被推得飞了起来,脑袋狠狠地撞在墙壁的角落上,鲜血汩汩流出,渗透进门和墙壁里,影华哽咽几下,没了声息。方正小心地走了过去,探了探影华的鼻息,然后颓然坐地。

眼前黑白影像如潮水般瞬间退却,左文思又看到了面前的男孩,准确地说,他又看见了影华。

男孩微笑着,笑容中透露出几分凄苦:“你好,我叫影华。”

10 声 灵

左文思愕然着,方才所看到的一切令他震惊,他此刻不知道该以什么样的心态来面对这个叫做影华的男孩。他杀人,但看起来这些人又的确该死。他的遭遇令人同情,更多的是愤慨和怜悯,左文思心里对他的厌恶已经少了很多,但想想曹壮和周道的下场,他又不能不狠下心来,总之,他此刻十分矛盾。

影华继续说:“方正杀了我,然后割掉我的舌头。我无处可归的灵魂因为绝望的愤怒和仇恨无法离开,一直在徘徊。直到有一天,我遇到了一件奇迹般的事情,令我终于得到超脱,成为了可以控制声音的声灵。但我必须以声音为食,而得到声音的办法只有一个,就是割掉声主的舌头。声音的能量都集中在舌头上,我吞噬它们,然后获得重生。”

左文思听影华说完,终于明白了一切,但还有些疑问令他费解:“我不明白,你是如何从游魂成了声灵?”

“你很聪明,知道如何提问来找寻隐藏在话语中的问题。不过,我可以告诉你的只有我的事情,而这部分我不能告诉你。”影华望着左文思。

“好,那你为什么不去杀了方正?”左文思又问。

“杀了他?”影华的面容突然狰狞起来,“我一直等待着有一天可以杀了他！不,我要慢慢地折磨他,直到他的灵魂耗竭,让他也尝尝灵魂徘徊,无处可归的绝望。但他很聪明,我不清楚他是故意还是无意,他割走了我的舌头,并将它作为护身符一直带在身边,作为声灵,舌头才是力量的源泉。所以,我根本无法靠近他。但我并非没有报复,梦,是人的潜意识虚幻而出的产物,我每晚都进入他的梦境中折磨他,令他苦不堪言。他这几年都在失眠,他现在很害怕夜晚,像个疯子一样会在凌晨时刻大哭着不愿睡觉。”

“他已经替你承担了所有的罪名,或许你可以尝试着放过他。”左文思轻叹道。

“替我承担？若不是他当初的所作所为,又如何会有今时今日？他所做的不过是替自己赎罪罢了,而我即便不是声灵,只是个幽魂孤鬼,这一世我也绝对不会饶恕他!”影华眼中的仇恨如烈火燃烧。

左文思茫然地点头。

影华的目光突然灼热起来："好了，你想知道的我都已经告诉你了。你可以走得安心了。"

"你要杀我？"

"不错。你是个聪明的人，也不是个坏人。我本不想杀你，但你已经知道了我太多的秘密，所以我不得不杀你，吞噬掉你。"影华说着，本是苍白的脸突然变得乌黑，遍插在左文思身体各处的深黄色舌头脱离了左文思，迅速爬进了影华的嘴中，一截接着一截相连，瞬间，已经连接成了足有一米长的舌头。左文思望着慢慢靠近的长舌，拼命地扭动自己的躯体，但无论如何都无法逃离。

"你不要害怕，没多久你就可以融入我的灵魂里，成为我的一部分，同样可以获得永生。"影华的面容极度扭曲，本是俊美的五官此刻丑如腐肉，所有的舌头都开始大笑起来，一声一声密集如针，刺入左文思耳中，令左文思一阵阵地发抖。

"你休想！"

左文思喊了一声，用尽了所有力气，将一个淡黄色的物件扔了过去，正落在影华突兀的舌头上，淡黄色的物件发出了强烈的金光，正是窦芊芊的护身符，原来左文思为防意外，预先借来了窦芊芊的护身符。

金色的光芒如同一团巨大的火焰，瞬间将影华的舌头烧焦一半，掉落在地，化成一摊摊恶臭的黄色液体。

影华的身体笼罩上一层黑雾，他狞笑着："你以为这个简单的把戏就可以打败我吗？"黑雾如刀，将舌头从中间斩断，而金光接触到黑雾也渐渐弱了下去。

影华如鬼一样潜行过来，将左文思一把抓在手里，张开黑洞洞的嘴欲将他吞下去。

“砰!”的一声巨响,一个人影冲了进来,左文思勉强睁开眼睛去看,哥杭不顾一切地冲了过来,手里还举着把椅子,朝着影华的脑袋砸去。

“你们真是太愚蠢了!”影华声调一变,如闪电般将声音提升到一个人类无法接受的高度,哥杭只坚持了两秒钟就晕了过去。

左文思也陷入了昏迷,但昏迷没多久,左文思就被一阵低吼声惊醒过来,他缓缓睁开眼睛,一个身影飞快地扑了过来,捡起了地上的护身符,一把将影华抱住,而后将护身符扔进了那张黑洞洞的嘴里,影华不可思议地望着并摇头:“怎么可能?你没有理由在音波的攻击下,还可以保持清醒。”

左文思将扑过来的身影看清,他正是曹壮。此刻,曹壮疯狂地指着自己的耳朵,左文思看见他的两耳流出了黑色的鲜血:“你刺破了耳膜?”

曹壮望着左文思,没有回答。左文思知道,他此刻应该什么都听不到了。

影华的身体慢慢退缩,靠在冰冷的墙壁上,双目带着微弱的红光不甘心地倒了下去,最终化成了一摊浓腥的黑水。

尾　声

方正终于还是死在了监狱里,当狱警发现他时,他大大地睁着眼睛,舌头被咬碎吞进了肚子里。

曹壮最终住院了,虽然舌头无法修复,但幸运的是,他刺破的耳膜没有伤到神经,所以不会失去听力。

哥杭和窦芊芊成了好朋友,他也终于如愿以偿地要到了窦芊芊的手机号码,傻笑了一天。

张桐在了解了左文思所遭遇的一切后,主动邀请左文思去她家吃饭,说是安慰左文思那颗受伤的小心脏,但谁知道还有什么原因呢!

最令人诧异的是,在火化方正尸体时,狱警们发现,那件方正曾自称是护身符的黑色的东西不见了,找寻了很久也没有找到,最终不了了之。

夜幕再一次降临,左文思心潮澎湃。影华,他本是个可怜的孩子,因为过多的不幸发生在他身上,令他的灵魂无法释然。可是,如果这些事情发生在自己身上呢?自己会不会也像影华一般被仇恨蒙蔽了双眼?左文思叹息着,他自己也不知道答案。

没有简单的承诺

鲁　奇

1　不要改茶楼的名字

余桐还没有介入这个案件时，徐白就已经开始为父亲的安危担心了。

徐白总是弄不明白，父亲为什么不喜欢改茶楼的名字？

徐白拥有一个饭店、一个旅馆，外加一个茶楼。茶楼是他的父亲开的，但迟早也会是他的财产。徐白平时只负责管理饭店和旅馆，从不过问茶楼的事情，但有一件事徐白总是感觉很别扭，那就是茶楼的名字——黑白茶楼。

徐白每次来茶楼都有一种很压抑的感觉，他总是对父亲说："其他的事情我可以不管，但茶楼的名字叫什么不好，为什么叫'黑白茶楼'呢？换个什么名字不好啊！"父亲一听到他这话，脸色便沉了下来，而后口气变得柔和地说:“名字虽然不好听,但是老字号了,你就别管了,以后茶楼就靠你了!”说完,父亲深深叹了口气。父亲的话使徐白莫名地担心起来,他有种不祥的预感,父亲说的这些话怎么这么像遗言呢?

徐白感觉父亲与这个茶楼有种莫名的联系,有些不为他所知的事情,到底是什么?他始终弄不明白。

这天上午,徐白在邻居家打麻将,他赢了两把,很高兴,正准备玩第三把的时候,门铃响了。

进来的人是徐白的儿子小凡,他穿着运动衫,抱着篮球,一进屋就气喘吁吁地来到徐白面前,说:“爸爸,爷爷叫你马上回茶楼一趟,他说有重要的事要告诉你,是关于茶楼的。”

徐白迟疑了一下,还是扔下了麻将,跟着儿子走了。

路上,徐白的心突突地跳得厉害,他不知道是什么原因,就是有种不祥的预感。

徐白的父亲坐在二楼的一间小屋子里,脸色很难看,眼窝深陷,呼吸很急促,像是得了重病一样。

房间里灯线昏暗,古铜色的实木家具的表面光滑而结实,散发着阴郁暗淡的光芒。

徐白坐到父亲跟前说:“爸,这么急着叫我回来,出什么事了?”

父亲突然死死地攥住了徐白的手,他声音低沉,眼神中流露出期盼的光芒,似乎要发生什么大事一样:“如果有一天我死了,一定不要改茶楼的名字。一定不要改!”

徐白很惊讶:“为什么不可以改?”

“我说不可以改,就是不可以改!哪儿来那么多为什么?”

徐白连连点头,他怕父亲生气。

父亲又说:“还有就是不能把茶楼卖掉,我死后茶楼就由你亲自经营,不要相信任何人,任何人来找你要茶楼,你都不要给!”

徐白感到父亲的话很可笑,为什么无故说到死呢?而且,谁会平白无故地来要茶楼呢?

父亲又和徐白啰唆了很多,他并没有把父亲的话放在心上。他知道父亲老了,精神状态也不是很好,老人都喜欢唠叨,这并不是什么怪事。

后来,父亲躺在太师椅上静静地睡着了,徐白也走了。

第二天一大早,茶楼的服务员小冯就打来电话告诉徐白,老人去世了。

老人就死在了那张太师椅上,是服毒自杀。

老人的样子很安详,他坐在太师椅上,头歪向右边,双目紧闭,表情平淡,就像是在午睡一样,左手紧握着一个白色药瓶,右手从太师椅的扶手外侧轻轻垂下,似乎死前并没有经受什么痛苦。

徐白冲进父亲房间的时候,看到房间的窗子开着,风轻轻刮进屋子,吹动着老人头顶那几缕雪白的头发。徐白跪在父亲面前,死死地抱住父亲的身体,眼泪奔涌而出。

徐白看着父亲坐在那把太师椅上几十年,可他却从未想过父亲竟会死在这上面。父亲啊!你真的死了,真的离我而去了吗?你是不是睡过头了?是不是睡前又吃安眠药了?是不是玩象棋又赢了,高兴得一睡不醒?醒醒吧!你为什么要死呢?有什么委屈不可以当着你儿子的面说呢?是我对你不够好吗?还是有人逼你……徐白最后是被人拖走的,他无法接受这个事实,更无法面对。

徐白悲恸欲绝的同时,又陷入了无尽的茫然中,他不知道父亲为什么会自杀,好好儿的一个人为什么会自杀呢?

他反复地揣摩父亲那天的话,但仍然找不出一点儿答案,他觉得父亲死得不明不白。

按照父亲的话,徐白开始经营茶楼,但他实在无法忍受"黑白茶楼"这个名字,在他找不到父亲因何自杀的情况下,他固执地认为父亲的死和茶楼的名字有关,便一气之下改了茶楼的名字。

新名字叫:阳光茶楼。

改了名字的第四天,徐白正在他的饭店里打理一些事情,电话忽然响了起来,打电话的人是茶楼的服务员小冯。

小冯的声音很小,颤巍巍的,像打哆嗦:"老板,您快回来一趟吧!出事了!"

徐白说:"出了什么事?慢慢说!"

小冯很惊恐:"老板,您还是快回来一趟吧!一句两句说不明白,简直太恐怖了!"

徐白更有些不解,他觉得小冯不是那种喜欢开玩笑的女孩,不会骗人的,一定是出了大事,便追问:"到底是什么事?"

可是电话那头已经没有人说话了,徐白先听到一阵嘈杂的声音,随后电话便响起了"嘟嘟"的忙音。

徐白又喊了两声:"小冯!小冯!"

无人接听。

徐白再拨茶楼的电话,还是无人接听。

徐白猜想,有可能是有人把电话线拔了。他赶紧带上几个人直奔茶楼。

2 电话里的凶手

徐白带人来到茶楼，令人不解的是，茶楼里并没有什么异常，客人在喝茶，服务员在东奔西跑地忙乎着。

徐白叫住一个服务员，问她："小冯呢？"

还没等服务员回答，小冯就已经跑到了徐白的面前，她的脸色惨白，满头大汗，似乎是惊吓过度。

小冯拉着徐白上楼，到楼梯口的时候小冯就停住了，她哆哆嗦嗦地说："老板，我不敢上去了，真是太吓人了！"

徐白说："没事，到底发生了什么？你看到了什么？"

小冯说："我刚才上楼的时候，路过当初爷爷一直住的那个房间，出于好奇心，我就站在门口偷偷地往门里望。虽然门上没有窗子，但门缝很大，我便顺着门缝往里看，结果我看到有一个人坐在爷爷的太师椅上，很像爷爷。"

徐白有点儿不相信，便和其他几个人上了楼，徐白站到门旁，顺着小冯说的门缝往里看。

徐白第一眼就看到了屋子正中的那张太师椅，那里果然端坐着一个人。

徐白揉了揉眼睛，这是真的，在太师椅上真的坐着一个人！不过，太师椅上却蒙着一层白布，从白布的褶皱断定，那坐着的分明是一个人，一动不动的。

门缝里有风吹着徐白的眼睛，凉飕飕的。

徐白立刻叫人来开门，不一会儿就有人拿来了钥匙。

门开了，整个屋子好像都有一股寒冷的风，没有目的，没有方向地在屋子中飘荡。

还没进屋,徐白就看到有几块地板有湿润的痕迹,像是脚印,但很模糊。

几个人绕过脚印,慢慢靠近那把太师椅。

父亲死后,他屋子里所有的物品都用白布盖上了。白布盖住了整把椅子,连椅子腿也盖得严严实实的。

谁也猜不出白布下面到底是什么,当然,谁也不敢往那个答案上猜。

会是一个人吗?

太师椅靠背上像山包一样凸起的地方,难道是人头?

徐白越想越害怕,他有点儿进退两难。

这里,他是老板,如果他表现出害怕的样子,他会被人瞧不起的。

他鼓足勇气,右手颤抖着伸向白布的一角……

他闭上眼睛,将白布往上一掀,没有人发出尖叫。

他听到小冯的声音:“怎么会是这样?这是谁干的?”

徐白睁开眼睛,在太师椅的靠背上放着一个黑白相间的足球,足球的下面是一个长方形的小牌子,上面写着:黑白茶楼。

这时,徐白的儿子小凡从楼下跑了上来。他一指太师椅上的足球,对徐白说:“爸爸,那是我的足球。”

“什么?你的足球?”

“是我的足球,我今天去体育场练球的时候还带着的,中午的时候有人放风筝,我就去看了。我就离开二十多分钟,回来的时候就发现足球不见了,问别的同学,他们都说没有看到,也没见有另外的人将足球拿走。”小凡说。

徐白说："那你怎么知道这个足球是你的？"

"足球上有我画的一个记号，这个记号就是一个'十'字。"

小凡说着，就走到太师椅前，指着足球上方的一个记号。

徐白一看，果然有一个"十"字。而且很粗，很明显，刚才自己怎么没有注意到呢？

徐白看到眼前的一幕大脑一片空白，他不知道这是什么原因，是谁干的，也不知道这里面的缘由是什么。

他叫来了茶楼里所有的服务员，共七人，问他们有没有看到可疑的人上楼。

他们说当时大家都很忙，没有人注意到有可疑的人，上楼的都是客人，没有什么异常。

没有答案，细想也没有构成什么危害。徐白便把所有的茶楼服务员叫到了一个屋子里，告诉大家不要把这件事声张出去，如果传开也许会影响茶楼的生意。大家都点头应允。

这件事就这么悄悄地压了下来，没有人再提起。

可徐白却始终放不下，他回忆起父亲死前和他说过的话，不要轻易改茶楼的名字。改不改茶楼的名字有什么关系吗？父亲为什么告诉他不要改名字呢？

徐白把茶楼的事务交给了小冯管理，自己继续专心去经营饭店和旅馆。

一天晚上十一点多，徐白饭店里的人渐渐走光了，可是在靠窗的位置上仍然有一个人没走，而且那个人是自己来的。

饭店的服务员小黄一直用眼睛盯着那个人，因为那个人长得很清秀，戴个眼镜，一看就是个有文化的人。

那个人喝了一会儿酒，就趴在了桌子上，再也没有起来。

后来，饭店里只剩下那一个人的时候，小黄有点儿害怕。她就问其他的服务员：“那个人怎么了，怎么一动不动的？”

小黄是个好心的女孩，她想那个人孤身一人，喝醉了可怎么回家呀？

于是，小黄走到那个人跟前，说：“先生，我们快要关门了。”

那个人没有说话，仍然死猪一样地趴在那儿。

小黄又往前挪了一小步，拍拍那人的肩，在拍那人肩的过程中，小黄无意间看到了那人的脸。

那张脸在小黄的视野中略过的一刹那，小黄尖叫了一声，倒退了几步。碰到了后面的一张桌子，桌子上的一个杯子掉到了地上，发出“啪”的一声脆响。

其他服务员应声而来，趴在桌子上的那张脸此时也已呈现在了所有人的视野中。

那人闭着眼睛，鼻孔和嘴角都有暗红的血流出来，他的眼镜在灯光的映射下熠熠生辉，这是小黄最喜欢的光芒。

在这一切发生的同时，徐白正在饭店楼上与儿子看电视。

电话铃响了。

徐白接了电话。

“喂！”

“是徐志诚的儿子吧？”

电话那头是一个很粗的男声，而且带点儿沙哑。

“你是谁？”徐白忙追问。

“你的一个远方的朋友，我从很远的地方来。”

“什么地方?”

“你别问了,还是去你家的饭店看看吧!”

“饭店怎么了?”

“你去了就知道了,你要倒霉了,倒大霉了! 呵呵呵!”

男人的声音越来越大,好像是从一个空洞的世界传来的,那笑声似患了感冒的人的低声咳嗽。

徐白大喊:“你到底是什么人?”

对方阴险一笑,声音很像个说评书的。

他低咳一声,说:“我不是人。”

男人说完便挂掉了电话。

3 改名字

徐白来到饭店时,饭店里站满了警察,已经苏醒过来的小黄惊魂未定,把事情的缘由都告诉了徐白。

徐白听完,第一个想到的就是电话里的那个男人。

这时,那个站在门口吸烟的警察引起了徐白的注意。那个警察似乎对他家茶楼里的一切都很熟悉一样,在和旁边的警察谈茶楼的茶有多么有名。

“你来过我的茶楼?”徐白问那个警察。

“当然,上学的时候经常和女友光顾的,所以很熟悉。”警察说。

“可是我怎么不记得你是谁了? 你是 F 大学毕业的?”

“对,我叫余桐,我和徐志诚老先生很熟,他认识我,只是,太可惜了。”余桐没有再说下去,他差点儿忘记老先生已经去世了。

徐白把他对电话里那个男人的猜想告诉了余桐。

“他自称是从一个遥远的地方来，好像对我家的情况很熟悉，包括我的父亲。”徐白说。

“我想多了解一些徐老先生的情况，虽然你不愿提起此事，但我想，如果说出来会对破案有好处的。”

“没关系。”

“您父亲以前也是开茶楼的吗？”

“不是的，以前父亲只是小生意人，根本就没有开茶楼的实力。”

“小生意，指的又是什么呢？”

“呵呵，小生意就是小生意呗！”徐白似乎有隐情，不想透露。后来，在余桐的一再追问下，他终于说出父亲以前是在北京卖大碗茶的。

“既然是小本生意，后来怎么做起茶楼了呢？开茶楼的钱从哪里来的？”余桐说。

“这个嘛，我也不太了解，父亲说是受了一位远方亲戚的资助。那个时候我还小，所以对此事也没有深究，根本就没有放在心上。”

徐白确实只知道这些，关于茶楼的资金问题，他也无从知晓，这就像父亲当初的遗言，不要改茶楼的名字一样，令人费解。

余桐和他的谈话就此结束，警方从现场取走了大量物品，等待法医鉴定。

第二天，法医鉴定结果出来了，死在徐白饭店里的那个男人是中毒身亡，经过对现场物品的化验，死者食用的菜、饭、酒里均没有发现毒药。最终，在死者桌子上那个不起眼儿的白色茶具中发现了药物。

以上检验结果表明，电话里那个男人可以轻松地进入茶楼，这使徐白有些惴惴不安，彻夜难眠。那个声音沙哑的男人到底是谁？他下一步还会做什么？

第二天，徐白又把那天晚上男人的电话告诉了余桐，余桐对徐白的话半信半疑，决定进一步调查。

这期间，死人事件极大地影响了茶楼的生意，客人锐减，部分善于落井下石的人还举报了徐白，不是说他的茶楼，而说他开的饭店卫生情况不达标，因此，徐白的饭店也被迫停业整顿。

徐白平时只是接受警方的调查，除此之外，就是继续管理他的旅馆和茶楼。

徐白的饭店成了一个空架子，他整天无事可做，只好待在家里。喧哗的街道和冷清的茶楼形成了鲜明对比，清淡的生意使茶楼经营每况愈下，面临关门的危险。

他找出了当初父亲自杀时的化验单，又对照了饭店里那名死者的化验结果，他惊奇地发现，使两个人毙命的竟然是同一种药物。

这是为什么呢？

难道父亲并不是自杀，而是他杀，被人毒死？

那天在父亲的房间里，徐白看到的那个小牌子“黑白茶楼”又是怎么被弄进屋子里的呢？

倘若有人能够把小牌子放进父亲的房间，说明在父亲死前，他也可以轻松地进入父亲的房间。那么，那个人不就可以加害父亲了吗？

徐白孤独地猜测着，不知不觉中，眼泪已经溢出了眼眶。父亲生前所有的影像铺天盖地般从徐白的大脑里浮现出来，许多往事历历在目。父亲一生与母亲平淡生活，一直安分守己，从不与人争斗，为人诚实守信，与人交往宽宏大量，坦诚相待，从未听说过父亲有仇人，可是为什么有人会害他呢？

徐白把自己反锁在房间里号啕大哭，妻子和小凡在门外拼命地喊他，他都置之不理，此时此刻，他什么也听不进去了。

次日早晨，徐白醒得很早，他已全然忘记了自己昨晚大哭的事情，因为他昨晚喝了很多酒，人在酒后总是会表现出最脆弱的一面。

吃过早饭，他便直奔茶楼，他直直地朝茶楼的正门走去，小冯正在门口扫地。

徐白匆匆走到茶楼门口时，忽然感觉自己刚才好像看到了什么，于是他停住脚步，又往后退了几步，直到能看清茶楼的牌子，他惊呆了。

“阳光茶楼”四个字中的“阳光”二字被人涂掉了，换成了“黑白”二字。

其中，“黑白”二字是血红的，那红色的液体还在不断地从牌子上往下滴。

正在这时，徐白的手机突然响了起来。

“喂！”徐白喘着粗气问道。

“徐志诚的儿子？”

“又是你！”

“是我，看到我的又一杰作了吗？”

“是你干的？你为什么这么做？”

“因为你不听你父亲的话，你不应该改茶楼的名字！不能改！你这个笨蛋，你听到了吗？你为什么不听话？为什么？”

“我的茶楼，改名字是我的权利，你到底是什么人？我父亲是不是你害的？”

“你错了，茶楼应该是我的，本来就是我的！”

“为什么？”

电话又被挂断了。

徐白警觉地望向四周，他忽然感觉这个人就在他的周围，或者此刻正在看着他。

可是他什么都没有发现，他叹了口气，随后拨通了警察的电话。

余桐对徐白的牌匾被改一事没有给出什么具体结论，但是却给徐白出了一个主意，那就是改回原来的名字，看会不会还有奇怪的事情发生。

于是，茶楼的名字又改了回来。

此后的两个星期相安无事，更没有那个男人的电话。

徐白的饭店又恢复了营业，可前提却是徐白赔付了中毒死者家属的巨额赔款。但是，恢复营业后的饭店却远不如从前了，关于饭店毒死顾客的事被传得沸沸扬扬，这似乎正中了那个投毒人的下怀，也许这就是那人所希望的。可他这么做，扰乱饭店的生意，他又能得到什么呢？

茶楼的生意还一如从前，日子依然继续。

徐白对以前发生的事似乎有点儿淡忘了。小凡的学习成绩也有了很大提高，可就是拿不到好的名次，原因是外语太差。徐白便去家政中心找家庭教师。

两天后，一个三十多岁的男人来到了徐白家，他说他是家政中心介绍来当家庭教师的，名叫周林。人长得白白净净的，说话很有礼貌，经过一番谈话，这个男人被正式录用了。

周林戴个眼镜，外语很流利，身体非常健壮。他和小凡也谈得来，他们经常补课到深夜，而且每次补课门都关得死死的，屋里面传出小凡结结巴巴读英语的声音。

没有儿子的陪伴，徐白只有一个人看电视了。这天，天气很热，他正在茶楼里喝茶，电话铃响了。

“喂!”

“徐志诚的儿子,最近生意不错?”

徐白马上从椅子上站了起来,他对这个家伙的声音太熟悉了。

“你想干什么?”

“哼! 你这个傻瓜,小凡的足球我很喜欢,我更喜欢这个孩子。呵呵!”

“喂! 喂! 喂!”

电话又被挂断了。

徐白放下电话,就开始打电话四处找小凡,可是哪儿都找不到,徐白心急如焚。

下午四点的时候,小凡回来了,身后还跟着周林,还有一个警察。

周林的手臂上缠着白色的绷带。

原来,小凡下午没有课,便去找周林和他一起去听李阳的疯狂英语。

回来的路上,从一条小巷里蹿出一名持刀的蒙面歹徒,幸亏有周林在场,可周林也不是那个人的对手,结果手臂受伤了。

小凡问徐白,那个人为什么劫他,徐白不说话,他想,一定是那个男人干的。他究竟是为了什么呢? 他这样对待自己是为何呢?

徐白点燃一根烟,坐在沙发上慢慢吸起来。

父亲临死前为什么一再叮嘱自己不能改茶楼的名字呢?

难道这茶楼的名字有什么不可告人的秘密吗? 可是,一个茶楼的名字会有什么秘密呢?

电话里的那个鬼魂一样的人到底是谁呢? 他为什么也会提起茶楼的名字? 先是制造父亲在太师椅上的假象,后来又是在饭店里下毒,再后来竟然改了茶楼的名字，直至把魔掌伸向了自己的儿子……这一切的一切是否还会有其他的答案呢？

徐白彻夜难眠，第二天他就直奔茶楼，叫人打开父亲的房间，翻了个底朝天，可还是没有一丝一毫的新发现。他总有种预感，那就是父亲在死之前一定早已知晓茶楼的一些真相，正因为这个真相父亲才会死。那么，父亲在死前就没留下只言片语吗？

父亲一直是一个正直、光明磊落的人，他一定不会这么不明不白地死，那他在死前又做过些什么呢？

4 调　查

这天，余桐和几个警察来到了徐白的茶楼。

徐白很惊讶，他问余桐："是不是有新的线索了？"

"现在还不确定，我们想和这里的服务员了解一些情况。"

"好的，没问题。"说着，徐白就开始张罗集合服务员。

所有的服务员都站到了茶楼二楼的大厅里，一共九个人，站成一排。

余桐走到服务员面前，仔细地观察着每一个人。

服务员里有四男五女，几个女孩子都低下了头，大家都在猜测着一个问题：难道我们当中有内奸？

过了一会儿，开始逐个调查谈话，九个服务员都是外地人，比较胆小，也没有什么心计，自然是有什么说什么，结果，一无所获。

这使余桐感到很沮丧，他不相信自己的感觉有错，难道这九个人里根本就没有内奸？

他又对这九个人进行细化，把他们的名字一一写了下来。

九个人中有两男两女住在茶楼里，剩下的五个人都是在市区租房子住，住的地方离茶楼并不远。

这五个人分别是：刘天、张雨含、于鹏、刘悦和冯晶。

写完这几个名字后，他突然有个大胆的想法，那个男人会不会是其中一个女孩的男朋友呢？他的目的是为了敲诈徐白。

这样一来，范围就缩小了，可以怀疑的人只有张雨含、刘悦和冯晶三个女孩了。

突然，余桐眼前一亮——冯晶，这个总被徐白称为“小冯”的女孩，一直是店里最老实、最能吃苦的一个，徐白连茶楼的事务都可以交给她管理，充分说明对这个农村女孩的信任。一个农村女孩可以得到老板的如此信任，确实非常难得。

经过余桐的观察，在小冯身上找不到一丝城市女孩的娇惯和虚荣，在她的脸上看到的只有淳朴和善良——恰恰是她的淳朴和善良引起了余桐的担心，这样单纯的女孩是最容易被人利用的了，因为在这种女孩眼中，世界上每一个人都是好人，分辨善恶的能力很低……这样，就给那些居心叵测的人创造了良机。

余桐越想越感觉小冯的疑点最多，试想一下，她对茶楼的情况了解最多，从内到外可以说是了如指掌，如果那个男人真的控制了小冯，他便可以进入茶楼，在徐志诚的椅子上做手脚，在茶具中投毒。还有，第一个发现太师椅上假象的人是小冯，她当时掌管着店里的生意，怎么会没有看到任何人走上楼，偷偷进入徐志诚的屋子呢？普通的服务员是不会做这种事的，因为他们既没有这个胆量，也没有这个能力，小冯随便领什么人上楼，其他服务员都会以为那是顾客，或者以为是老板的亲戚——那个男人的来去自如是疑点之一；疑点之二，徐志诚死后，他的屋子一直闲置，这是所有人都知道的，没有人愿意接近那个房间，认为那里晦气，可小冯为什么不这么认为呢？她不仅没离得远远的，还亲自向里面看一看，当时，她真的是出于好奇心吗？她的这个小小举动是出于好奇心多一点儿，还是她根本就知道里面的一切，故意以此来迷惑徐白呢？

许多的迹象证明，小冯和这件事有关。

于是，余桐决定派人监视小冯。

三天后，余桐终于听到了令自己欣喜的消息：小冯夜里与一个陌生男子同行。

余桐觉得这件事很重要，不能打草惊蛇。四天过去了，陌生男子一直没有出现。

第五天，警察在监视小冯的途中，突然发生了交通事故，警察乘坐的车被一辆大卡车撞了。两名警察下车的时候，发现小冯不见了，赶到小冯家中，同屋的女孩却说她根本就没有回来。

警察又按原路返回，在一个漆黑的胡同口，发现了躺在地上的小冯。

小冯躺在地上，手臂上流着血，人已经晕了过去。

第二天在公安局，小冯这才慢慢说出事情的缘由，她说："在爷爷死的前一个星期，有一天，我上楼无意间向爷爷的屋里望了望，发现门虚掩着，我很好奇，便站在门外仔细听里面的声音。可正在这时，门突然开了，一个高大的男人一把把我拉进了门。男人把刀架在我的脖子上，我看不清他的脸，因为他戴着墨镜，我看到爷爷静静地躺在太师椅上，爷爷看了我一眼，然后又扭过了头，男人把几张百元大钞塞到我工作服的口袋里，不许我把看到的事说出去，不然他会杀了我的。之后，爷爷把我叫到了他面前,叫我不要把看到的说出去,我很听爷爷的话,所以就没说。”

余桐感到很吃惊:“爷爷当时怎么样?”

“爷爷当时很好,那个男人好像和爷爷很熟,而且他们都不希望我把事情说出去。”

“后来,徐老先生死后,你为什么不把真相说出来?”

“我本来想说的,可是就在爷爷死后的当天晚上,我在回宿舍的路上,又碰到了那个男人。他把我叫到一个小街角,那里没有路灯,他再次威胁我,不许我把事情说出去,而且为了让我记住他说的话,还在我的手臂上划了一刀。”小冯挽起衣袖,余桐清楚地看到她白净的手臂上的那条疤。

这样,小冯的手臂上就留下了两道伤疤。

5 难道是周林?

小冯的伤口很浅,简单包扎后,她就急匆匆地走了。

走之前,她还求余桐不要把这件事告诉老板徐白,她不想因为此事而毁掉自己在老板心中的形象,毕竟徐白一直很照顾她,做了这样的事,她也深感内疚。

余桐答应了她。

他目送她离去,想起了那个戴墨镜的男人,他为什么能够轻而易举地进入徐志诚的屋子呢?徐志诚亲眼看到他亮出刀子,怎么会熟视无睹、无动于衷呢?他到底和这个男人是什么关系?这个男人是否就是在饭店投毒、给徐白打电话、涂改茶楼名字,甚至是害死徐志诚的人?

这一切到底是因为什么?那个男人为什么在电话里对徐白说,茶楼是他的呢？他有什么权利这么说呢？

第二天，小冯给余桐打来电话，说她看到了那个男人。

“他在哪儿？”

“他就在店里，送小凡上学去了，我感觉他就是那个戴墨镜的男人。”

“你能够确定？”

“当然。”

余桐突然想到了小凡的家庭教师周林，那个男人给人的感觉根本就不像是一个教师，他那健壮的肌肉和冷酷的眼神，根本就不是一个教师应该拥有的……如今，他已成功地进入了徐白的家庭，那下一步他要做什么呢？杀害徐白，还是小凡呢？

余桐迅速赶到了黑白茶楼，见到了小冯。

小冯惊恐地说：“我确信那个人就是他，他走路的样子，说话的声音都非常像。”

“声音也像？”

“有点儿，好像是又好像不是！”关键时刻，小冯又有点儿拿不准了，这令余桐大伤脑筋。

最后，他决定不管那个神秘男人是不是周林，都要摸清周林的底细，不怕一万只怕万一。

这天，周林将小凡送回茶楼就独自离开了。

余桐跟踪周林来到他的住处，那是一个花园式的小区，管理很严格，单元楼下还设有24小时保安。

周林进去后，余桐问那个保安：“周老师家住在几楼？”

“周老师，你找错人了吧？我们这栋楼根本就没有做老师的。”保安不知在埋头看什么书,对余桐不理不睬的。

“我指的是刚才进去的那个,他不是经常为别人做家庭教师吗?”

保安听余桐这么说,“扑哧”一声笑了出来,他的笑很突然,使余桐猝不及防。

保安用一种不怀好意的眼神看着余桐说:“你怎么会把他当成老师呢?你是不是在和我开玩笑啊?而且,你怎么给他改了名字?他根本就不叫周林。”

“什么?不叫周林,那他叫什么?”

“周洪。”

“周洪?他到底是做什么的?”

“呵呵,这个名字是不是有点儿像女人的名?他最初在一个三流大学毕业,后来没有找到工作,便和我一样做起了保安。”

“他现在还是保安吗?”

“当然了,不过,我最近不知道他在干什么,我问他,他也不说。”

“那他现在住的房子是他的吗?”

“不是,是他以前一个主顾的。那个老板全家移民加拿大了,房子一时找不到合适的买主,就托他照看。”

“他父母呢?”

“他一个人住,听说父母在乡下,他连个女朋友都没有,很奇怪。”保安说话期间,接了一个电话,声音变得异常温柔,由此可见,来电话的人可能是他的女朋友。

余桐走后想了很多,周洪为什么要隐瞒真实姓名?他以前是保安,为什么不继续做保安,反而给小凡当起家庭教师来?他是为了生计而转行,还是为了接近小凡而这样做呢?如果他就是那个打电话的男人,怎么会住在这样一个高档的小区里,而不把自己隐藏在一个无人知晓的角落里呢?他这样做,不是有点儿太冒险了?周洪若真的不怀好意,怎么会在蒙面歹徒袭击小凡的时候出手相救呢?这么难得的机会他怎么不利用呢?或者,他的最终目标不是小凡,而是徐白?!

余桐又观察了周洪几天,并没有在他的身上发现什么可疑的地方,徐白也没有再接到那个男人的电话,好像那个男人彻底消失了一样——余桐觉得这种消失只是暂时的,那个男人还会做出令人意外的举动来。他在无计可施、无法再恐吓徐白的情况下,会不会狗急跳墙,跳出来杀人呢?

⑥ 来杀你的人

这天晚上,徐白一个人坐在父亲屋子里的那把太师椅上吸烟,不知道什么时候他有点儿困了,就慢慢地闭上了眼睛。可是,他忽然感到浑身一阵寒意,门响起了“吱嘎”的声音,他没有睁开眼,好像有人走进了屋子,步子很轻,像鬼一样。

徐白猛地睁开眼睛,突然,他看到自己面前站着一个人。由于没有开灯,所以屋子里只有街上路灯的灯光投在墙壁上,看不清那个人的脸,那个人伸手一指徐白,说:“为什么改茶楼的名字?”

徐白听出来了,面前的这个人就是电话里的那个男人。

徐白很害怕,可他却没有表现出来:“你到底是什么人?”

男人低笑了一声,说:“来杀你的人。”

男人突然从身后亮出一把刀子,朝徐白猛刺过来。徐白飞快地从太师椅上滚到了地上,向窗口退去,男人又疯了一样向徐白扑了过去,徐白抓住男人拿刀的手臂,和男人厮打起来。

徐白的力气远不敌那个男人，男人把徐白打倒在地，一刀刺到了徐白的右臂上，徐白只感到一阵钻心的疼痛，血已汩汩地从衣服里流了出来。

当男人再次举刀向徐白刺过来时，徐白已经没有了躲闪的力气，他觉得自己好像被钉在地上一样，动不了了。

突然，徐白看到男人的身后又出现了一个黑影，与此同时，男人的头部遭到了重重的一击，便一声不响地倒下了。

黑影扶起了徐白，黑影旁边还站着一个人，这个人徐白看清了，是自己的儿子小凡，而这个黑影就是小凡的家庭教师周洪。

一个星期后，负伤的徐白在儿子和周洪的陪同下来到了看守所，透过铁栅栏，徐白看到了那个一直让他心惊胆战的人，那个杀死父亲的人。

男人面色很黑，长着一双小眼睛，鼻子很大，属于大蒜鼻，此外还有一张长得很歪的嘴。他的这张脸丑得简直是惨不忍睹，这个人到底是谁？为什么会干出这么多坏事呢？

令徐白没有想到的是，告诉他这一切真相的不是面前这个丑陋不堪的凶手，而是余桐。

7　没有简单的承诺

这件事要从周洪说起，很久前的一天，当周洪还在人才市场找工作时，一个老人叫住了他，这个老人就是徐白的父亲徐志诚。

当徐志诚得知周洪大学毕业，业余学过武术时，他非常高兴，并且告诉周洪，他要委托他干一项特殊的工作——保镖。

徐志诚给了周洪一笔数额可观的钱，他告诉周洪要暗中保护好儿子徐白和孙子小凡，他说他们一家正处于危险之中，希望周洪可以做他们家的暗中保镖。

周洪问徐志诚为什么不报案，他说有难言之隐，他告诉周洪，如果有一天，小凡真的受到坏人的威胁，就让周洪主动接近徐白一家，保护他们。

徐志诚临死前还交给周洪一封信，希望周洪在适当的时候把信交给徐白。

徐白拆开信一看，信里讲述的是徐白父亲徐志诚的过去：

五十年前，徐志诚住在北京，当时他的家里很穷，只靠卖大碗茶为生。后来，他的父亲得了重病，他为了给父亲治病，四处借钱。可是却怎么都没借到，在万般无奈的情况下，他向一位经常来他这里喝茶的客人张开了口。

那个客人是上海人，来北京旅游的，很富有。上海人听说了他的情况后，决定借给他一笔钱，这笔钱不光可以为他的父亲治好病，而且剩下的钱还可以买一栋大房子。

他觉得上海人借给他的钱太多，便推辞不要，可是上海人却很执著。

上海人希望他可以用这些钱买一栋大房子，开一个像样的茶楼，当然这茶楼也有一部分算是上海人的。因为上海人是个文人，觉得黑白混合的墨白色的纸是世界上最好的东西，所以就说，如果开茶楼，就叫“黑白茶楼”。

除此之外，上海人还希望徐志诚永远不要改茶楼的名字，因为知道这个名字，上海人才可以找到这里。上海人说如果将来自己家道败落了，如果也变成一个穷人，那么就让他的儿子也来经营这个茶楼，但前提是他的儿子一定要心地善良，务正业。

徐志诚都答应了，因为这是他的承诺。

两个人立誓要遵守诺言。

后来，上海人走了，徐志诚父亲的病也治好了，茶楼也开了起来，而且一开就是五十年。

五十年后的一天，徐志诚收到了一封信，信是上海人写的，信上说他的儿子从监狱里出来了，整日吃喝赌博，无所事事。他儿子不知道是从哪里知道自己的父亲在北方还有一个茶楼，便准备来要。

他希望徐志诚一定不要把茶楼相让，徐志诚记得当初的诺言。

结果，上海人的儿子真来了，而且来者不善。他逼着徐志诚交出茶楼，徐志诚不交，他就拿出了刀子向老人要钱，因为他欠了一大笔债。

徐志诚把钱给了上海人的儿子，他去赌，然后又跟徐志诚要，徐志诚又给了他。

徐志诚知道上海人曾救过他父亲的命，上海人的儿子来要钱自然要给。但是这样下去，上海人的儿子胃口会越来越大，误入歧途。

最后一次，上海人的儿子来要钱，徐志诚不给，他便扬言要杀了徐志诚。

徐志诚无奈之下找到了周洪，希望他能给自己帮助，并把这封信交给了周洪。

余桐告诉徐白，上海人的儿子在警察面前仍然从容不迫，毫无保留地讲出了他作案的经过——

徐志诚见周洪的那天下午，上海人的儿子又来了，他又朝徐志诚要钱，可徐志诚坚决不给，于是，他就和徐志诚争吵了起来，说徐志诚是个忘恩负义的人，对不起自己父亲当初对他的帮助。正在争吵着，徐志诚感到胃很痛，他这才想起来中午忘了吃胃药。他拿出药刚要吃，忽然有人敲门，徐志诚便去开门，一看是小冯，小冯说税务局来人了，徐志诚便借机下楼了。

这时，上海人的儿子将事先买来的毒药放到了老人吃药的水杯里，然后若无其事地坐着。过了二十多分钟，老人回来了，他拿起胃药瓶，倒出几粒，扔入口中，将水杯里的水一饮而尽……老人被毒死后，上海人的儿子又把毒药的瓶子塞入老人的手中，制造了自杀的假象。之后，他从窗口逃出。可逃到半路，他却有点儿不安心，因为小冯见过他，他怕小冯告密，便在小冯回宿舍的路上拦住了她，在她的手臂上刺了一刀，因为这一刀，小冯才迟迟未把真相说出来。

虽然他逃走了，毒死了徐志诚。可后来他回想起来觉得自己并没有得到什么。于是，他来到徐白儿子小凡的学校，想找个机会绑架小凡，但一直没有找到机会。那天，他看到小凡在踢足球，观察了很长时间，后来小凡跑到一边看风筝去了，他觉得很扫兴，正打算离开，却看到小凡忘在球场边上的足球，便顺手把球拿走了。

上海人的儿子突然又有了新的想法，他想吓吓徐白，便偷偷按着上次从老人房间逃走的路线，又爬到了老人房间的窗口，撬开窗子，把足球放到了椅子上……后来他爬到了老人房间对面楼的楼顶，用望远镜观察屋内的动静，当他看到徐白掀开白布时惊恐的表情，他的脸上也露出了狰狞的笑。

后来，他又混进徐白的饭店吃饭，临走时，在茶具里下了毒，没想到他离开不到半小时，就有一个人被毒死了，他想以这种方式来制造混乱，迫使徐白的饭店停业。他觉得茶楼应该是他的，可是他知道他永远也得不到，所以，他得不到也不想让别人安心地得到。接着，他又用电话威胁徐白,想用这种手段吓住徐白,可是徐白并没有被他吓倒。

最终,气急败坏的他又改了茶楼的名字,想绑架小凡,可他没有得逞,他万万没有想到会出人意料地冒出个周洪来,还在他杀徐白的时候阻止了他,坏事做得太多终有一天会被人发现的。

徐白拿着父亲的信泪如雨下,一切都是因为这个茶楼,他恨自己为什么不把茶楼卖掉,如果卖掉茶楼,父亲也不会死。

如今,徐白改主意了,他要将茶楼一直经营下去,等到那个上海老人来,告诉他关于父亲为他儿子所做的一切,并告诉上海老人,父亲是一个肯用生命来证明自己是一个遵守承诺的人。

墓　神

沈阳唐伯虎

八月末的一个深夜，陕西省咸阳市西郊荒山。

已经是半夜十二点多了，荒山周围黑黢黢的，除了远处村口偶尔有几声狗吠传来之外，四下里一片寂静。

在一座荒寂的土坡下却不时传来铁锹掘土的声音，这土坡被人开了个两尺来宽的地洞，一锹锹的黄土从洞口飞扬而出，在土坡边堆起老高的小土埂。

又过了一会儿，从洞里甩出一个麻袋来，不大一会儿工夫，随着"呼哧呼哧"的喘息声，从洞里伸出两只手和一个脑袋，一个中年壮汉费了不少劲才从洞里爬了出来。为了节省力气，这洞口只开了两尺多宽，仅供一个成年人勉强爬进爬出。这个中年壮汉好不容易才钻出来，他一屁股坐在地上，累得呼呼直喘，歇了一会儿又吸了根烟，才慢慢平静下来。

他拽过身边的麻袋，把里面的东西一样一样往外拿：一根铜条，两片残缺的瓦片，大半个人头雕像和几个缺边短沿的瓷碗。翻了半天竟没有一件东西是完整的，加在一起恐怕也不值五十块钱。中年汉子沮丧地把东西狠狠朝麻袋里摔去，骂道："你娘的，老子累了大半天，就搞了这么点儿破烂东西，真是走背运！"

过了一会儿，壮汉寻思着：就带着这些破烂东西回去，心里实在是有点儿不甘心，那爱唠叨的臭婆娘又该骂自己没用了。不如再下去一趟仔细找找，看有没有啥遗漏的东西。想到这里，他狠吸了几口烟，将烟头扔掉，走到洞口边，双腿探进洞里又下去了。

这洞口又细又窄，壮汉卡在半截腰处，差点儿没憋死，好容易落到洞底，不由得破口大骂："真他妈费劲！早知道刚才把洞掏宽点儿好了！"再爬进砸开破口的墓墙，进到一个狭窄的墓室里，壮汉点燃一盏小煤油灯斜插在墙上。这间墓室左圆右方，高度不到两米，形状很奇特，里面有一口石棺材，棺盖已经被掀到一边，里面只有一具女人的枯骨，并无任何陪葬之物。墓室里散落着一些破烂的瓦片、残破的雕像之类的东西。

壮汉又里里外外像筛沙子似的把墓室摸了个遍，包括那口石棺材，但仍是一无所获，这通折腾倒是把他累出了一身汗。壮汉气得又骂道："真是个穷死鬼，啥也没有！"说完，他朝石棺材旁边的墓墙上狠狠踹了一脚。

这一脚下去，墓墙发出"轰"的响声。壮汉略一迟疑，按理说实心的土墙踢上去声音应该是发闷的，他又用力踢了一脚，声音仍然发空。难道里面有东西？壮汉顿时来了精神，也不怕费劲了，又爬出洞外取回铁锹，猛力朝这面墙挖去。

不多时，墙上就被挖出了一个大洞，用煤油灯朝里一照，似乎又是个墓室。壮汉欣喜万分,心想幸亏自己又进了一回洞,要不哪能有这么好的运气?他双手用力扒开墙洞旁边的土层,达到可以容身体钻入的宽度,再猫腰钻进洞里。

这的确是一间墓室,比先前放石棺材的那个宽敞许多,也高许多。靠墙放着一个神龛,神龛里有一尊石雕人像,人像外形古怪,神态诡异,看上去令人浑身不舒服。壮汉来到神龛前,上面摆着一个牌位,好像还写着几个字。只是墓室里光线太暗,看不大清楚。

壮汉拿起牌位,把油灯靠近仔细看那牌位上写的字:“墓神商纣王之位”。

看了这几个字,壮汉不由得打了个激灵,抬头看了看那尊石像。只见石像头戴平冠,留着两撇胡子,脸上表情怪异,似乎在冷冷地打量着闯进墓室的自己。

这壮汉是咸阳郊区当地的村民,和千千万万个普通农民一样,没念过几年书,头脑也比较简单。他虽然没什么文化,问他什么是“四化”也答不出来,但这个“商纣王”他还是认得的。小时候《三国》、《水浒》、《封神榜》的故事听得太多了,不就是那个找了个狐狸精当妃子、把别人都扔到虫子坑里咬死的那个暴君吗?可他从来没听老人说起过这纣王除了皇帝之外还有其他身份,光听说有财神、雨神、夜游神,还头一次听说什么“墓神”。

咸阳是秦朝古都,地表的古墓多如牛毛,当地村民大多把盗墓当成第二职业。这壮汉干惯了挖坟掘墓的勾当,顺手就把牌位扔在地上,不屑地说:“什么‘墓神’,吓唬老子呀?要是纣王当了墓神,那普天下盗墓的可都倒大霉了。吓唬谁呢!”

神龛上除了那个牌位,还端端正正地放着一个圆形的东西。壮汉借着昏暗的光亮拿起一看，原来是面铜镜，铜镜正面落满了厚厚的灰，他用衣袖胡乱擦了擦光滑的这面，因为年代太久，擦了半天也没擦出铜色的质地来。他又翻过镜子背面，上面起伏不平，疙疙瘩瘩，似乎有一些浮雕，再用衣袖抹抹，隐约中现出一个人形图案来，看上去好像还是个女人。

壮汉想看清楚究竟是啥图案，便直接用手去抹上面的泥土。忽然，他被上面的一个疙瘩刮破了手指，一丝鲜血流了出来，他并没在意，用手吮了一下，“呸”地吐了口唾沫，继续擦那铜镜。

渐渐地，上面的图案清晰起来。中年壮汉仔细一看，居然是一个全身赤裸的女人，长发垂髫，体态丰满，脸上五官甚是奇特，像狐狸似的妖媚迷人，令人神魂颠倒。壮汉“嘿嘿”笑了，自言自语地说：“这东西倒不错，拿回去给俺婆娘看看，她肯定喜欢。”说完，他将铜镜掖在腰间，又紧了紧裤带，将油灯弄灭，想顺着洞口再爬出去。

忽然，他感到刚才刮破的右手手指有点儿发麻发痒，心想可能是伤口遇到了灰土，回家洗干净，擦点儿酒消消毒就好了，用左手一摸，却吓了一跳，因为这手指已经肿得像根小胡萝卜。壮汉心想：肯定是伤口碰到灰尘感染发炎了，可得赶快回家。他快步来到洞口，撸了撸袖子准备往上爬，刚一抬头，就感到一阵眩晕，差点儿倒下，手连忙一扶墙，骂道：“这他妈的是咋回事？可能是挖土挖得太急，太累了。”

正瞎合计时，忽然他眼前一花，似乎觉得旁边有个白色的人影一闪而过，中年壮汉吓得猛一转身，靠在墙上四下看。这狭小的空间还不足一平方米，根本没有半个人，他用力拍了拍脑门，只想赶快爬上地面回家。刚把身子转过来，猛见对面站着一个人，离他只有一尺来远，吓得他“啊”地往后一退，贴在土壁上，体如筛糠动弹不得。

只见对面站着一个全身赤裸的女人，长发盘着宽松的大髻，乳房丰满，屁股浑圆硕大，面带狐媚，十分淫荡。这女人脸带媚笑，死死盯着壮汉。壮汉吓得六神无主，一时间竟不知道怎么办才好。这时，那女人笑嘻嘻地慢慢走过来，一把搂住壮汉，将冰冷的嘴唇贴上他的脸。

壮汉吓得心脏都快从口腔里跳出来了，手足无措、浑身颤抖。这女人抱着他，丰满柔软的胸脯紧紧地贴在他的胸膛上，伸手摸到他的下身。壮汉就像凌云驾雾般，不知是梦还是现实，也不知道该推开还是继续享受，只觉得身上的劲儿正在一点点地消失，四肢百骸都懒洋洋地不想动弹，只想被这个丰腴漂亮的婆娘永远这么搂着、抱着，心中隐约想着：难道她不冷……

不知过了多久，壮汉慢慢有了知觉，只感到周围凉飕飕的。他猛然挺起身子，睁大眼睛，见自己还在这墓穴里靠墙坐着，墓洞就在身旁。他想起身回家，免得婆娘见出来这么久都没回去，又唠叨个不停。刚想要支起身子却双腿一软跌倒在地。这才感觉身上十分乏力，好像被人给抽了筋，抬手摸摸自己脑门，火辣辣的烫得厉害。

“可能是受了墓穴里的阴气，染了风寒。”壮汉费力地扶着墙站起，抬头看了看墓洞外面的天，已经开始蒙蒙亮了。临走时他不忘将铜镜揣进怀里，奋力往洞外爬。可刚才昏了那么一会儿，身上说什么也使不上力气，一段不到三米长的墓洞，竟然爬了半个多小时才上来。

壮汉来到地面上，被外面的晨风一吹，浑身更是冷得厉害。他喘了几口气，擦擦头上的汗，把铜镜和一些破铜烂铁都收在麻袋里背在肩上，手里拎着铁锹，一步一步地往家走。

这片荒山离壮汉在村东头的家有七八里地，壮汉足足走了一个小时才勉强到家。这时天已经快大亮了，路上碰见好几个扛着锄头准备下地干活的村民。其中一个村民见了壮汉，微笑着跟他打招呼："哟，李老四，这么早就起了，上哪儿赶集去啊？"其实他们都知道这个李老四游手好闲，平时经常盗墓，于是就话里话外挤对他。

李老四的脑袋此时浑浑噩噩，隐约看见有人和他打招呼，可连人家是男是女都看不清了，哪里还有力气说话？闷着头只顾朝家走。那村民见李老四不答理他，鼻子一哼，心说摆什么臭架子，不就是一个盗墓的！

李老四好不容易进了家门。此时他老婆正焦急地在屋里来回转圈，一见自己的汉子可算回家了，连忙将院门关严，转身急切地问："你个杀千刀的，怎么天快亮了才回来？可担心死俺了！弄到啥好东西了？"李老四将麻袋放下，拖着沉重的身子一头栽在炕上，再也起不来了。他老婆见状一摸他的额头很烫，又见他其中一根手指又红又肿，说道："哎呀，莫不是受了风寒，你等着，我给你弄碗姜汤面去啊！"

李老四躺在炕上不住地喘粗气。此时正是八月，天气还挺热，但他却觉得浑身难受，瑟瑟发抖，好像大冬天睡凉炕似的。迷迷糊糊中，似乎听见有一个声音在窗外远远地叫他。他慢慢坐起来，缓缓走到屋外，那声音是个女声，柔媚中还带着一股勾魂摄魄的力量。李老四循着声音的方向朝外走，走着走着，不觉来到了荒郊野外。

这地方空旷平坦，一张方形大床上躺着一对男女，床对面跪绑着一个浑身是血的男人，那男人低垂着头，似乎犯了什么大罪。李老四来到大床旁边，见床上躺的那男人头戴平冠，身穿黑黄相间的长袍，留着两撇胡子，脸上表情似笑非笑，十分诡异。身边搂着一个浑身雪白赤裸的女人，这女人长相狐媚，胴体丰腴，看上去很是眼熟。

见李老四走了过来，那女人笑嘻嘻地朝李老四一招手，李老四就像被无形的绳子牵扯着似的，踉跄地走到床边跪下。那女人对他微微一笑，似乎说了些什么，又好像什么也没说，随后又指着对面绑着的那个男人。李老四没弄清她究竟说没说话，但也奇怪，心里竟清楚地知道她是要自己去杀了那男人。

他也不多想，见地上放着一柄雪亮的钢刀，立即弯下身子捡起来，走到那绑着的男人身旁，朝他脖子砍下去。顿时头颅落地，鲜血从腔子里喷出，溅了李老四满身满脸，李老四被滚烫的血一喷，猛打了个激灵，再回头看去，那大床和男女竟然都不见了！

一阵阴风吹过，空旷的野地上只剩下被砍了脑袋的尸首和呆立的自己，他浑身发抖，扔下刀扭头就跑。跑了半天，忽见前面远处地上似乎有个东西，跑过去一看，竟然是那具无头尸首！腔子里还在往外呼呼冒着热血。李老四大叫一声，没命地朝左侧跑去。跑了一阵，又遇到了那具尸首，李老四恐惧地后退，嘴里连连大叫。

忽然，一只手从后面拍在他肩膀上，他惊恐之余猛回头，却是他老婆，原来是场噩梦。此时的李老四浑身冷汗，脸上的汗水更是顺着脑门往下淌。他老婆手里端着姜汤面，想叫醒他起来吃，却被他猛然的动作吓得差点儿把碗扣地上。老婆关切地问："你这是咋啦？咋冒这么多汗？"

李老四坐在炕上呼呼喘气，看了看四周，没错，是在自己的屋里。他定了定神，颤抖着接过面碗说："没……没事，可能是受了风寒，睡一会儿就好了。"

他老婆指着他的鼻子说："你瞅你弄回来的那些个东西，哪有一样值钱的？就那块铜镜还能卖个几十块钱，上面还有个不要脸的光屁股娘儿们。"

李老四一听铜镜，又看了看自己那根肿得老粗的手指，连忙说："快把那铜镜扔了，快扔了！"

他老婆奇怪地问："干吗扔了？那可是铜的呀，能卖好几十块钱呢！你不是烧糊涂了吧？快趁热把面吃了，我再给你那手指头上抹点儿药，好好儿睡一觉，别的事你就甭管了。"

李老四头脑发晕，木然地点了点头，吃完面条躺下沉沉地睡去。

两天之后，李老四退烧了，肿着的手指也消了很多，整个人又恢复了以前的精神头，就跟从来没得过病似的，同时他也不再做噩梦了。这下，李老四原本提着的心又彻底放回了肚子里。半个月之后，慢慢地就把这件事抛到了脑后，那铜镜也以六十块钱的价格卖给了乡上的文物贩子。

一个月后，又到了秋收时节。村里家家户户都在忙着收地，李老四家里是有几亩地，但这些年他全靠盗墓赚钱，种地反倒成了副业，想种就种，懒了就连种子都不撒，因此邻居都忙着收玉米，他家却提前进入了农闲期，整天没事干。

这天晚上，两口子坐在炕上唠嗑。他老婆说："我说，这别人都开始收地了，怎么也能打点儿粮食卖点儿钱，咱家今年啥也没种，这冬天到了吃什么呀？"

李老四靠在被褥上抽着卷烟，说："这有啥的，大不了我去找德子，合伙再掘它一洞不就得了。"（陕西方言习惯把"盗墓"称为"掘洞"）

这话正合他老婆的心意，她笑嘻嘻地说："那你还等啥呢，还不快找德子去。"

李老四说："行行，我这就去。"

德子是李老四一个八竿子都打不着的远房表弟，就住在村西头。

他和李老四一样游手好闲，也经常“掘洞”，平时两人常合伙盗墓发点儿小财。李老四来到德子家，这德子今年三十六了，也没娶上个媳妇，哪家的姑娘愿嫁这样的光棍？他一见表哥来了，马上就知道是啥事。两人坐下后，李老四说：“我说德子，咱两家今年都没种地，到了冬天也没酒喝啊，我合计着，要不咱们再去山上找找值钱的东西？”

德子笑着说：“我知道，我正想去找你呢！表哥，前两天我去北山挖蘑菇，路过一个山洼，那山洼边上有个土坡让雨水冲了，露出一片黄砖墙，有的砖上还有花纹和字，我看肯定是个古墓！要不干脆咱俩今晚就去挖挖看？”

李老四一听可乐坏了，连忙说：“那可太好了！你等我回去收拾收拾东西，晚上十一点再来找你。”

德子说：“不用那么晚，那片山洼可偏僻了，一年到头也没人注意，这就该着咱俩有财命。咱们这就起身，你快回去拿家伙，一会儿在村北小桥那碰头。”

两人商量妥当，李老四回家和老婆打了招呼，带上铁锹、凿子、短镐和手电筒，出村直奔北面河边。德子早就在桥头等着了，他不但扛着短镐，手里还提着一个鸟笼子，里面装着两只小麻雀，两人见四下无人注意便朝北山走去。

从村北到北山有十几里路，两人曲曲折折走了一个钟头才来到德子说的那片山洼。这山洼在北山深处，十分荒凉，四下里除了虫子叫，就是阵阵山风吹过，死气沉沉的。李老四紧了紧身上的长袖衣服，说：“这地方这么荒凉，还真有点儿吓人，要不是掘洞，打死我也不到这来。”

德子边用手电筒照土坡边说：“那还用你说，有钱谁干这些啊？早躺炕头上搂老婆摸奶子了。对了，就是这片黄砖墙！”找到了目标，两人便开始用短镐和铁锹挖墙。

这黄砖墙砌得相当结实，两人足足干了一小时才砸开个大洞。两人坐在地上歇着抽根烟，顺便放放墓洞里的浊气。抽完烟后再把一只小麻雀的腿系上麻绳放进洞里，过十几分钟拽出来一看，麻雀仍然活蹦乱跳，于是兄弟二人钻进洞里。

这的确是个古墓，从结构上看不出是哪个朝代的，墓室不大，看来墓主人也不是什么达官显贵，顶多就是个地主阶级。两人扒开被雨水冲得半塌的砖墙来到内室，这内室地上摆着一口深红色木质的棺材，两旁有供桌，放着碗碟和牌位。像李老四和德子这样的盗墓贼跟考古人员最大的区别就在于所关心的东西不同。考古人员关心的是文字和图案，而盗墓贼只对值钱的东西感兴趣，那些牌位、墓志铭一类的东西是从来不屑去瞅一眼的。

两人用手电筒扫了一圈，除了棺材之外，供桌上和其他地方都没有任何能换钱的玩意儿。于是两人也不耽搁，开始用镐尖撬棺材。这棺材少说也有二三百年了，烂成了一大块朽木，几乎没费什么劲就撬开了。用手电筒一照，里面除了一副枯骨，还有几串铜钱、一些玉佩、银锭、香囊之类的陪葬品，头骨附近还有一个纯金的凤簪，看来墓主人是个女的。

这棺材里的东西虽说不是特别丰富，但也足以令两人喜出望外了。德子高兴地捡出凤簪说："表哥你看，这簪子是纯金的，应该能卖个好价钱吧？"

李老四接过来一看，也说："可不是，这手艺相当不错，我看，光这簪子就够咱两家过个好冬了！"两人都"嘿嘿"地笑了。

李老四把簪子小心翼翼地用棉布一层层包好，德子则俯身在棺材里翻其他东西。李老四包好簪子刚揣进怀里，忽然觉得眼前一花，似乎有些发晕。他用手扶着棺材边，闭上眼睛使劲晃了晃脑袋。德子回头问：“哥，你咋啦？”

李老四捂着脑门儿说：“没事。前些天掘洞受了点儿风寒，可能还没好利索。”德子“哦”了一声，继续捡棺材里的东西，李老四走到供桌旁想歇会儿。

这时，李老四猛地看见对面供桌上半躺着一个全身赤裸的女人，长得如同狐狸般妖媚。李老四一惊，这不是那天在西郊荒山墓里梦到的那个漂亮婆娘吗？还没等李老四回过神儿来，就见那女人指了指德子的后背，张嘴似乎说了些什么，李老四眼前一花，再仔细看时，供桌上却又什么都没有，好像啥也没发生。

李老四弯下腰，拾起一块墓砖，悄悄朝德子走去。德子背对着他，边捡棺材里的东西边自言自语：“东西也不算少啊，哈哈，看来都够给俺说个媳妇了！表哥，你说前院那小三姑娘咋样？除了腿有点儿跛没啥毛病……”而李老四就像没听见似的，走到德子身后，慢慢举起墓砖。德子回头见李老四这样，奇怪地问：“表哥，你咋的了？举着块墓砖干啥？”

话刚说完，李老四手起砖落，“啪”的一声闷响，猛砸在德子脑袋上，把墓砖都拍碎了，砖灰四处飞溅。德子哪防备他表哥还有这一手？当时就被拍得扑倒在棺材里，头上鲜血直流。

李老四见砸倒了德子，忽然大脑一冷，呆呆地看着趴在棺材里的德子。他回过神儿来了，连忙把德子拉出来，问：“德子，你没事吧？啊，德子？”

德子被这一砖拍得七荤八素，差点儿昏过去，他满脸血，手指着李老四有气无力地说："你……你想独吞……"

李老四忙说："德子，我没有……我……"

李老四见德子不再说话，怕他有生命危险，连忙撕下衣服上的布条缠在他头上，又收拾了一下棺材里的值钱东西揣进怀里，将德子扶出墓外。连镐锹都不要了，背着德子就往回走。

足足走了一个多钟头才把德子背到村头。他没敢回自己家，直接背到了德子家里，可把李老四累得满头大汗，两腿直抽筋儿。德子虽然满头鲜血，但也只是皮外伤加轻微的脑震荡，没什么大事，李老四给他上了点儿止血药，又缠了些纱布，算是安顿好了。德子慢慢醒来，看见李老四站在他身边，德子惊魂未定，吓得直往炕里躲。

李老四带着歉意说："德子，刚才俺真不是故意打你的，自从前些天在墓里受了风寒，这脑子里老是有幻觉，总是看见一个自称是'墓神'的人让我去杀人，你可千万别当真啊！"

德子哪里肯信他，气愤地说："狗屁墓神！好你个李老四，亏你还是俺表哥，有啥好事俺都先想着你，可你竟连表弟都不放过，也能下黑手！"李老四还想争辩，可他是个粗人，嘴也笨心也粗，越是着急就越说不出话来。

德子怒道："你啥也别说了！快把俺的东西给俺，以后俺再也没有你这个亲戚，咱两家一刀两断！"

李老四不敢多说，忙从怀里掏出金簪、银锭和玉佩等物放在炕上，说："这个……德子，你可要原谅你表哥呀，等过几天你消了气，俺再来给你赔不是。"

德子骂道："滚蛋！俺没你这个表哥！"

李老四灰头土脸地回到家已是半夜了。他老婆一见李老四两手空空地回来，别说文物，连锹镐都整丢了，忙问他怎么回事。李老四把事情原委讲了一遍，他老婆气得指着他鼻子大骂他没用，李老四真是王八进灶坑——憋气又窝火，只好钻进被窝，蒙头呼呼大睡。

打这事之后，有几次李老四在村里碰见德子，人家就假装没看见他，一句话都不说。有天晚上李老四拎了两瓶酒和一斤猪头肉，硬着头皮去德子家看他，结果却被德子轰出门去，看来这亲戚是真走不成了。李老四气得直捶自己脑袋，他和德子共同盗了六七年的墓，因为有这层亲戚关系在，所以从来就没分过心眼儿，弄出来的文物都是五五平分，可以说合作得相当愉快。现在德子和他闹掰了，李老四也等于失去了最好的合作伙伴。

盗墓可不像别的行业，必须得有知根知底的人做搭档，要是盗墓的时候两人各怀鬼胎，一个先上去了，另一个正往上爬的时候，前边那位把绳子弄断，后面那人就倒霉了，摔在洞底不死也得骨折。如果上面的人还有点儿良心就此离去，你在洞底是死是活全凭运气；要是人家想做得绝点儿，用大石头再往洞底使劲儿一扔，最后再把土回填，那就只能等着下一拨盗墓贼挖出你的尸骨了。

虽然没了德子这个伙伴，可李老四总得吃饭、总得过冬啊！于是他只好联系村里其他的盗墓者一起干活，平时李老四是不屑和他们共事的，一是信不过，二是怕分赃的时候分毫不让。可现在没办法，很多墓一个人是搞不定的，最少也得俩人。一个月的光景，李老四总共和别人掘了三个墓，分东西时却只分得了一小部分，原因很简单，跟你合伙时间太短，不能多分。没想到盗墓这行当也有试用期，真他妈不讲理。

十月末的一天晚上，李老四正跟三个村民在南山坡上掘一个土砖墓，这墓虽然规模不大，但里面的东西还真不少，正在四人紧张有序地往外搬东西时,李老四又犯病了。他隐约听见耳边有个女人的声音跟他说话,虽然听不清说的什么,但李老四却能理解她的意思。

此时李老四正往外搬一尊木雕佛像,忽然他停住了,后面那人不耐烦地催促道:“李老四,你咋又搬不动了? 看你那副体格壮得跟头牛似的,咋总歇气呢?”

李老四慢慢回头看着那人,放下木雕。那人被他盯得发毛,说:“你……你到底咋了?”

而他说的什么李老四啥也没听见,在李老四眼中,这个村民渐渐幻化成了一个被绑的罪犯,旁边则是躺在大床上的长袍男人和那赤裸女子……

李老四猛扑上前,双手死死掐住他的脖子。那人吓得双手乱抓,洞外两人听到声音忙跑回来一看,顿时大惊失色,连忙用力拉开李老四。那人被李老四有力的大手掐得差点儿死过去,半天才缓过来。

一个村民怒道:“李老四,你想干啥?”

李老四浑身冷汗,他缓了缓神儿,说:“我……我这……”

另一个村民说:“你干啥啊你? 我早知道你心里不服,每次都嫌分的东西少是不? 告诉你,不服就别干,又不是咱们求你入伙的!”

先前说话的村民也说:“你这人太不可靠,俺们可不能和你这种人搭伙,你赶紧走吧,下回别想再找我们!”

李老四百口莫辩,他也不敢辩解,灰溜溜地回了家。

经过了这件事,全村再没人愿意和李老四合伙盗墓,连外屯的人都不找他。李老四顿时陷入了无大墓可盗的境地,只能偶尔挖点小规模的穷墓,对付几斤二锅头的钱。为此,他老婆不知道骂过他多少回。

一转眼到了初冬,村民大都收完了地,卖完粮食,开始储存过冬的蔬菜和肉,准备猫冬了,而李老四家里还是啥也没有。看来,他家这个冬天很有可能要闹饥荒。他每天都拎着短镐,在村里左右来回地转,寻找可盗的墓。但这片乡村凡是可能有墓的地方都被掘得差不多了,实在是没什么目标,李老四也感到越来越沮丧。说来也怪,那怪病单挑盗墓的时候发作,其他时候又都很正常。李老四心想:难道真是那“墓神”显灵了?

这天晚上,李老四正坐在炕头,左手托着腮帮子发呆,右手夹着一根劣质烟卷。他老婆则在一旁唠唠叨叨,没完没了地数落他,可李老四却一句也没听进去,对这种情况他已经有了免疫力,完全做到了左耳进右耳出。

这时有人敲门。他老婆开门一看,原来是村南头的王大侃,李老四的老婆一见是他,顿时脸上乐开了花。倒不是因为她看上了王大侃,而是这王大侃在村里是有名的盗墓专业户,很多人都愿意跟着他干活,其身份相当于村里的民间盗墓协会理事长。王大侃进屋坐下,李老四的老婆连忙给他倒了杯茶水。李老四见是王大侃,心里很奇怪,他和王大侃虽然都是干这行的,却从来没合伙过,就问:“原来是王大哥,来找俺有啥事?”

王大侃说:“李老四,这屋怎么冷清清的呢,没烧炕吗?”

李老四抽了口烟,无奈地说:“今年没种包米,也没打包米棒子,拿什么生火啊。”

王大侃喝了口茶水,掏出一包精装香烟卷,点燃一根吸了口,笑着说:“我家今年也没种地,你没见咱家屋后那片地,杂草长得比包米都高,不是也照样烧煤吗?哈哈哈!”坐在旁边抄着手的李老四的老婆听了这话,既羡慕又嫉妒地说:“王大哥,你家都烧上煤了?咱家连包米棒子都没有呢，唉！”

王大侃得意地说：“你们还不知道？还不都是掘洞的钱，我今年光靠掘洞就赚了好几千块！”

李老四一听，心里更窝火了，长叹一口气，低头只顾抽烟。他老婆试探地说：“那……王大哥，你来找俺家老四，这是有事啊？”

王大侃说：“那敢情有事了，没事我来干啥？老四，我弟妹也不是外人，我就直说了吧！有个大活现在缺人手，想让你入伙帮个忙。”

李老四和他老婆一听，简直不敢相信自己的耳朵，李老四结结巴巴地说：“真……真的还是假的？”

王大侃脸一沉，说：“我咋那么爱唬你呢？当然是真的了！”

李老四的老婆连忙问：“啥……啥大活啊？”

王大侃看了看窗外，夜静悄悄的，四下无人，于是压低了声说：“头几天，我跟几个哥们儿在北岭龙嘴沟那挖到一座大墓，那规模可真不小，光墓道就弯弯曲曲好几条，三个人砸了五天，用坏了好几把镐，现在还没挖到墓室呢！这不寻思着再找几个好手，赶紧把那墓给整出来，免得时间长了走漏风声啊！”

李老四两口子顿时就明白了，李老四把手里的烟蒂扔掉，高兴地说：“那敢情好啊！我去，我去！”

王大侃说：“老四，你先别急着高兴，有件事俺不太明白，为啥村里人都不愿意跟你合伙呢？”

一听这话，李老四顿时打蔫儿了，他老婆抢着说：“哎呀！王大哥，你不知道，咱家老四头阵子掘洞的时候受了风寒，一直没全好，有时候头痛起来就容易上脾气。其实这也不是啥大事，可那些家伙就四处乱嚼舌头，说咱家老四嫌东西分得少，存心和人打架，你说哪有这事啊！”

王大侃点点头说："原来是这么回事，老四这人我了解，干不出那事来。现在你那风寒好了没？"李老四本来想把幻觉的事跟王大侃说，听老婆这么一说，明白她是想隐瞒实情，怕王大侃不让他入伙，于是就连连点头，说："早就好了，早好了！"王大侃说："那就好，那就明天晚上十一点，你带上镐和锹在北岭龙嘴沟坡前的大磨盘集合，算上你四个，我还得再找个人。"李老四和老婆连忙一口应从下来。

王大侃抽完烟走了，李老四两口子高兴得半宿没睡着觉，恨不得马上就是第二天晚上十一点。

两人度日如年似的熬到了次日晚上。李老四吃得饱饱的，带上工具，十点半就到了龙嘴沟坡头。这龙嘴沟是北岭最荒凉偏僻的地方，平时还总有野兽出没，所以一般村民没有特殊事情，是绝不会到这来的，尤其是晚上，就连李老四盗墓也很少来这里。但今晚不同，李老四浑身是劲，兴奋得就甭提了，浑然忘了害怕。

他坐在那块也不知是哪朝哪代就土埋半截的大磨盘上，抽着烟焦急地等着王大侃他们。十一点左右，见远处有手电筒的光柱晃动，王大侃带着三个人朝这边走来。李老四连忙迎上去，还没等王大侃张嘴说话，李老四就看到了一个熟悉的人——他表弟德子。

德子也看到李老四了，他扛着短镐，脸上明显带着不高兴的神色。王大侃见状忙说："老四，我把你表弟德子也给找来了。开始他一听说你也入伙，死活都不肯来，你说你这是咋整的，连你表弟都给得罪了呢？"

李老四觉得自己比窦娥都冤，还没等他张口，王大侃身后另外那两个人就说："咱们别磨蹭了行不？赶紧去干活吧！"

李老四一看这两人也都熟得很，是前村的吴党柱和吴连柱哥俩。

这兄弟俩头脑简单，身体比头牛都壮实，最适合干盗墓工作了。两人除了扛着盗墓工具外，手里还都提着双管猎枪，显然是防野兽用的。

几个人再不多说，跟着王大侃朝龙嘴沟深处走去。

四周黑黢黢的，没有手电筒就是伸手不见五指。这龙嘴沟地势险要，除了杂草就是荒坡，不时还有东西在草丛里蹿出蹿入。李老四不由得连打冷战，这种地方如果不是几人结伴还带着枪，他宁可被打死也不来。

几个人走了半个多小时，来到一处隐蔽的山洼。这山洼极不显眼，如果不是特意拨开杂草朝里走，根本就看不到里面还有一个大洞。

王大侃抽了口烟，说："你们看，这洞就是前几天我和老吴他们俩挖的，里面有几条墓道，我简单算了一下方位，咱们五个人再干两三个小时，就应该能挖进墓室了。"

吴党柱和吴连柱哥俩放下猎枪，戴上口罩，握着长镐先后钻进墓洞。王大侃从背包里掏出几个大麻袋，说："老四，我和他俩砸墓道，你跟德子先负责往外运土，过一个小时你俩再跟我们换。好了，开干吧！"李老四应了一声，德子极不情愿地捡起麻袋，跟着王大侃和李老四进了墓洞。

墓洞里又窄又矮，还有呛人的霉味和土味，三人也戴上口罩，猫着腰费力前进，弯弯曲曲拐了几个弯，来到墓道深处。吴家兄弟已经在"咣咣"地砸墓墙了，这二位干活真是一把好手，不多时就下来一大堆砖石。

王大侃和德子戴上手套，往麻袋里装砖石瓦块，然后再拖出洞外。在洞外，李老四把麻袋倒空，趁机刚想和德子说句话，德子却往后一退，看都不看他一眼就钻进了洞。李老四气得够戗，心说杀人不过头点地，都过去这么长时间了,你咋还没完没了呢?

一小时后,李老四和德子开始砸墙,王大侃跟吴家哥俩运土。砸了半个小时,忽然德子一镐下去,“噗”地漏了个洞,从里面往外直冒黑气,同时伴随着一股极其难闻的辛辣气味。

这种情况的出现,标志着已经进到了古墓内存放棺材的墓室。因为大多数古墓都密封得很严,尤其是内室,经过几百年,棺材里的尸体腐败分解,棺材木料受到尸体分解后的潮腐之气熏染,渐渐腐朽塌烂,同时一些粮食、水果等属于有机物的陪葬品也腐烂掉,这些气体和墓室里有限的空气混合在一起,长年不流动,久而久之就形成了一种极特殊的、有毒有害的腐气,民间也把这种墓室里的黑气称为“殃气”。这也是判断墓室里陪葬品多寡的标准之一,“殃气”越重就说明墓室里的东西越多。

据说,人如果闻到这种气体之后非死即昏。曾有野史记载,说隋朝时期官员麻叔谋以治理河道为名,挖掘前朝古墓获得暴利。有一次挖一座大贵族的墓穴,起出一口描金绘彩的巨型棺椁,十分精美,麻叔谋因好奇上前观看,开棺时里面冒出一股难闻的“殃气”恰巧被他闻到。从那之后,麻叔谋就奇怪地失去了食欲,吃什么都没有味道,但就是喜欢吃死婴儿的肉,经常让下属想方设法帮他寻找婴儿,没有死的就弄活的。

德子捂着鼻子,高兴地叫道:“有了,有了!”

这时王大侃刚走过来,李老四不由得喊道:“打开了!”

王大侃十分高兴,说:“快出来,放放殃气再说!”

三人跑出墓道来到外面。吴家哥俩一听终于打开墓室了,也乐得够戗。放了半个小时,王大侃拎着镐钻进墓道,将冒着黑气的洞扩大了些，然后又钻出来。

五个人坐在地上抽烟，吴家兄弟一个劲儿地问："大侃哥，啥时候进去啊？"

王大侃却不慌不忙地抽着烟，不时看着手腕上的表。一小时之后，王大侃算准墓室里的殃气基本放干净了，他站起来扔下烟头说："进去吧！"五人连忙重新戴上口罩，迫不及待地钻进墓道。

拐到墓室墙外，吴家兄弟用镐将洞口再扩至地面，能容一个人从容出入，王大侃先钻进洞里，四人随后进去。

五只手电筒同时照亮，这墓室能有五平米见方，墙角棺床上摆着口黑漆棺材，也不知放了多久，棺材上落着厚厚的灰，底座也开始腐烂了。旁边有一张烂塌了的木桌，上面都是大大小小的碗碟，看来是摆放供品所用。墓室里除了那口棺材和木供桌之外，再无其他东西。

王大侃走近棺材看了看，又用手拍拍，说："这棺材已烂得差不多了，老四，你和德子用撬杠把它撬开！"两人应了一声，上前开始撬棺材。

棺材很好撬，吱吱嘎嘎不一会儿就被打开了，里面躺着一具枯骨，还有几块破烂的衣服碎片，除此之外什么都没有，别说金银器皿，连铜板也没有一文。

王大侃看了半天，说："真是怪了，棺材里怎么没有陪葬品？"

吴党柱粗声粗气地说："大侃哥，这咋啥也没有呢？那我们俩不是白干活了吗？"

王大侃瞪了他一眼，没好气地说："谁说叫你们白干活了？再找找！"

刚说完，德子用手电筒一照墙角，说："大侃哥，你快过来！"

王大侃回头说："啥事？"

德子手扒墙头，费力地朝里面看说："这墙好像有条缝，看不清里面有啥……"

王大侃一指吴党柱说："把墙砸开！"吴家兄弟一听又有发现，精神头马上就来了，操起镐就开始刨墙，巨大的声音震得墓室嗡嗡直晃。李老四脑子被震得直迷糊，连忙捂住耳朵。

忽然，李老四眼前一花，身边狭窄黑暗的墓室似乎幻化成了空旷的野外，一张巨大的床上躺着一对男女，那女人浑身赤裸，正微笑着向他招手……

李老四迷迷糊糊地向那个女人走去，"哪"的一声脑门生疼，仔细一看却撞在墓墙上，人也清醒过来。他揉了揉眼睛，忙看王大侃他们，还好没人注意他。李老四正庆幸时，却见德子正在一旁冷眼看着他，显然自己刚才的举动他都瞅在眼里了。德子见李老四看他，连忙低下了头。

吴家哥俩那边终于砸开了墓墙，王大侃用手电筒一照，里面似乎有不少东西。他一猫腰先钻了进去，吴党柱和吴连柱早就等不及了，也跟了进去。德子刚要往里走，却又停下来，眼睛看着李老四。

李老四知道德子是在防备自己，他"哼"了一声，先钻进去，德子随后才跟进。

进去一看，这里又是个墓室，这墓室形状很奇特，左边是方形，右边却是圆的，左面墙上垂下三根铁链，每根铁链的尽头都悬着一颗白森森的动物头骨，墙上钉着三个大铁环，看来是当时用来固定三牲头的。头骨离地面约有两尺，头骨上那黑洞洞的眼眶，冷冷地注视着闯入的陌生人。

几个人被头骨吓了一跳，吴党柱说："我的妈呀，这是啥东西啊？可吓着俺了！"

王大侃开始也有点儿害怕，可仔细一看就笑了，说："没啥可怕的，这是三牲！"

吴连柱问："啥叫三牲？"

德子说："你们哥俩可真够可以的，连三牲都不知道，就是猪、牛、羊啊！"

李老四接话道："就是就是，哪有乡下人不知道三牲的？也就是你们吴家哥俩了。"吴家兄弟"嘿嘿"地傻笑。这哥俩头脑简单，但也并不是弱智，只是思考问题比较直接，属于那种典型的浑浑噩噩式的农民，这种人当然没有出人头地的资格，但却最适合做手下，言听计从，绝不会有野心，也不会坏你的事，所以王大侃平时盗墓都是找他俩。

李老四说："我还头一回看见在墓室里供三牲的，这是啥意思呢？"

王大侃说："老人们平时都说三牲是祭神的最高规格了，据说只要供三牲就会触动神灵，可能是墓主人做梦都想死后升天吧！"

转头再看墓室右面，还有一口棺材摆在地上，这棺材明显比外室的宽大，上面似乎还画着很多花纹。王大侃眼前一亮，忙对吴连柱说："快和你哥把这棺材打开！"吴家兄弟上前去撬棺材。

德子在铁链旁饶有兴趣地欣赏着那三个头骨，此时李老四却感到脑子里似乎有一团糨糊，搅得他心神不宁，心里总是发慌，好像有什么事情还没做。正在这时，那边吴家兄弟低叫一声："打开了！"王大侃连忙凑过去看，棺材盖子被扔到一边，棺材里并排躺着两具枯骨，从膝盖往下却似被什么东西齐刷刷地砍了去，什么都没有，除了骨头之外，也没有任何陪葬品。

王大侃仔细查看了一圈，的确是没什么值钱的东西，他气得猛踢了棺材一脚，大骂道："真他妈的是碰到穷死鬼了！搞这么大个墓，就连块铜板也舍不得放?”

德子和李老四也围在旁边,李老四说:“按常理不对劲儿啊! 这座墓光墓道就有四条,都是用红砖砌成的,这棺材还是柏木做的,墓主人肯定不是普通人家,可为啥没有一星半点儿的陪葬品呢?”

王大侃朝地上吐了口唾沫,说:“我他妈的还想知道呢! 这不是撞鬼了吗?”

吴家哥俩挨了半天累,这回不干了:“大侃哥,这到底是咋回事呀?俺们还指着跟你赚钱娶婆娘呢!”

王大侃正在气头上,随口骂道:“娶个屁婆娘,回家娶老太太去吧!”吴家哥俩一听这话,脸顿时涨得通红,气得呼呼直喘,眼睛怒瞪着王大侃。如果他不是领头的,恐怕这哥俩揍他的心都有。

德子一看气氛有点儿火药味,连忙上前打圆场说:“行了行了,大侃哥,要不咱们回去吧!”

王大侃掏出根烟点着,一口接一口,狠命地吸着。吴党柱说:“俺可不回去! 啥好东西都没弄到,俺拿什么娶婆娘啊?”

李老四笑着说:“我说党柱啊,这棺材里啥也没有,要不,你把那牛头骨、猪头骨啥的背回去,找个媒婆问问当彩礼行不行?”

王大侃和德子都憋不住想笑,吴党柱挠挠脑袋,说:“那……那俺回去问问媒婆,试试看?”

三人忍不住哈哈大笑,吴连柱当胸打了吴党柱一拳,骂道:“人家那是笑话你呢,听不懂啊?”

这时,德子忽然说:“你们看,这棺材底下好像是空的!”

几人凑过去一看,原来刚才吴家哥俩撬棺材时将棺材挪动了,露出下面的一角,里头黑黢黢的,显然是个地洞。王大侃说:“快,把棺材挪开！”五个人一齐用力，将棺材踢翻，下面居然还有一个台阶，直通到地下。

王大侃心里高兴，连忙说：“下去看看，里面肯定有宝贝！”五个人拿着手电筒顺台阶往下走。里面又黑又冷，脚跟落地后一照，原来是一间地下墓室，里面并排放着两口棺材，一大一小，两口棺材紧紧地挨着，大棺材在左边，小棺材在右边，看上去十分诡异。

李老四跟着王大侃走到棺材旁边，王大侃说：“俩棺材一大一小，还真有点儿意思啊！”

李老四说：“我可是头一回看见。大侃哥，弄开不？”

王大侃说：“干啥不弄？咱们又不是来串门的。”

吴家哥俩这回都不用他吩咐，直接上前用撬杠开棺。不多时，两块棺材盖都被打开了，里面的情景实在是出人意料。

一大一小两具尸骨分别躺在两口棺材里，奇怪的是成年尸骨的右臂骨居然插在幼年尸骨的左臂骨中，两口棺材相连的部分也被锯开了，两具骷髅阴森地躺在棺材之中，双眼的黑窟窿直望着天，看上去叫人浑身起鸡皮疙瘩。德子从来没见过这样的阵势，有点儿害怕地说：“大侃哥，这是咋回事啊？咋这么古怪呢？两具尸骨还连一块了。”

王大侃也没见过这种葬法，心里头也直打鼓，嘴上却说：“管它呢！没事，再古怪也是死人，怕它干啥？”

德子一听也觉得有理，这时李老四说：“大侃哥，你看这棺材底下是不是有东西啊？”王大侃蹲下用手电筒仔细往棺材底缝里一照，光柱正好照在一把金光闪闪的金壶柄上。他顿时来了精神，忙对吴家哥俩说：“有值钱的东西了，你俩快把棺材掀开！”

吴家哥俩早就盼得眼都红了，一听有值钱的东西，争抢着上前去拆棺材。这两口棺材里面虽然没有任何陪葬品，却沉得很，两人搬起棺材板用力挪，居然丝毫没动。吴连柱说："这是石头棺材啊？咋一点儿不动呢？"

王大侃以为两人偷懒，随口说："怎么连棺材都搬不动了？先把尸骨掏出来！"

吴连柱"哎"了一声，把那成年尸骨抓起来就朝外扔。那根臂骨和幼年尸骨的臂骨还连着，吴连柱好奇地仔细看了看，嘀咕道："这小骨棒咋还插在大骨棒里呢？真怪。"边说边往外抽那小骨棒。

不知为什么，德子却总觉得不太对劲儿，他说："连柱，你别摆弄那骨头了！"但吴连柱已经把小骨棒抽了出来。这时，就听李老四"哎呀"一声，四人一看，只见他双手捂着脑袋靠在墙上。王大侃说："老四，你咋啦？"

李老四痛苦地说："我头有点儿迷糊……"

王大侃专心注视着吴连柱拆棺材，头也不回地说："你风寒还没好吧，刚才是不是干活累着了？那你到外头歇口气儿去吧！"

李老四一手扶墙一手捂脑门儿，从台阶往上面走。经过德子跟前时看了他一眼，德子看着李老四脸上的表情，痛苦之中似乎有些诡异的神色，德子心里有些害怕，不由得后退了一步。

李老四快要上到墓室时，伸头向下说："德子，你也上来吧，扶着我点儿，我腿有点儿发软。"

德子说："我……我不去，我想看看有啥好宝贝。"

王大侃说："老四你事可真多，党柱，你扶他到外面去透透风！"吴党柱很不情愿地跟着李老四上去了。

吴党柱架着李老四的胳膊从墓道往洞外走，洞壁边倚着一根短镐，李老四一边哼哼着，路过短镐时，他右手一伸，悄悄将短镐抄在手里，吴党柱在他左侧，丝毫没看见。到了洞外，吴党柱说："四哥，你在这透着气啊，我进去跟着干活了。"

李老四说："行，你进去吧！"吴党柱回头刚走两步，李老四上前一步，悄无声息地举起短镐朝吴党柱的后脑猛抡下去。

那吴党柱虽然身强力壮，但短镐可不是闹着玩的，而且人的后脑是最薄弱的地方之一，"扑通"一声，吴党柱顿时后脑碎裂扑倒在地，浑身抽搐，眼见没得活了。

李老四拎着短镐钻进洞里，顺着墓道来到拴着三牲的墓室，再从台阶走下去，走到一半的时候，就听见里面三人高兴的谈话声，听德子说："大侃哥，这些好东西可真不少，咱们没白忙活啊！"

王大侃说："可不是吗？要不怎么让你们跟着我干呢！"

这时李老四冲墓室里叫道："连柱，你哥叫你上去！"吴连柱正跟王大侃、德子往麻袋里捡东西。王大侃也跟着说："连柱，你哥叫你呢，快上去看看！"

吴连柱扔下麻袋没好气地说："叫我干什么？真是的！"

说完便气鼓鼓地上了台阶。上去后对李老四说："我哥在哪儿呢？"

李老四焦急地说："你哥在外面昏倒了，你快去看看！"

吴连柱一听，连忙往墓道外跑，李老四跟在后面，刚来到洞外，吴连柱就看到躺在地上的吴党柱，他俯身查看，李老四又是一镐，把吴连柱打得脑浆迸裂。李老四又回到墓室，下台阶冲里面喊："德子，他哥俩昏倒了，你上来看看啊！"

德子和王大侃听后就是一惊，王大侃对德子说："怎么回事？你快上去看看！"

德子心里害怕，感觉很不对劲儿，于是说："我……我头上有汗，怕受了风感冒……"

王大侃心里恼怒，说："你们这事怎么这么多？"

他怒气冲冲地扔下手里的陪葬品，顺台阶往上走，边走边说："好好儿的怎么能昏倒？"

李老四说："我也不知道，就在洞外，你快去看看。"王大侃"嗯"了一声。

走到上面，供着三牲的墓室里一片漆黑，王大侃用手电筒照着路，忽然，他借着光看见李老四衣襟上有几点血迹，便问道："你身上怎么有血？"

李老四低头一看，说："哦，刚才党柱摔了一跤，把头摔破了，我扶他，血就蹭到我身上了。"

王大侃心中狐疑，说："是吗？快带我去看看。"

李老四应了一声，刚要起身，身体一晃好像要倒，他右手连忙抓住身边一根拴三牲的铁链。王大侃说："你又怎么了？"

李老四紧闭双眼说："大侃，这里面好像有点儿邪门，我……我头晕得很……"

王大侃有些心惊："有这种事？那我的头怎么不晕？"说完过去扶李老四。李老四抱着王大侃的肩膀，忽然他右手一抖，"哗啦"一声把铁链猛地缠在王大侃脖子上。

王大侃大惊，挣扎道："你干什么？快放开！"

李老四抓着铁链另一头，用力一跳，将铁链飞快地穿进墙上的大铁环里，再死命往外拉。王大侃双手挥舞着，手电筒的光柱晃得墓室里忽明忽暗，他扔掉手电筒，抓着铁链想解开，可李老四把铁链拉得铮铮直响，绷得死紧，哪里解脱得了？在李老四的拉动之下，王大侃双腿渐渐离地被吊了起来，脸憋得变成了猪肝色，脖子被铁链缠得几乎勒进肉里，想大声喊叫却只能发出“啊啊”的声音，手脚在空中乱抓乱舞。

李老四背着铁链像拉纤似的猛力拉拽，王大侃身子悬在半空，眼睛瞪得像牛眼，四肢越动越慢，渐渐无力地垂下来，随即死了，身体吊在铁链上前后微微摆动，就像屋檐下吊着的灯笼。

李老四把铁链又穿在另一个铁环中，打个死结，让王大侃的尸体就在空中悬着，他擦了擦头上的汗，一步三晃地走下台阶。此时的德子全然没听到外面发生的一切，还在兴致勃勃地往麻袋里塞金银器皿，看到李老四的模样，心里“咯噔”一下。

李老四说：“德子，大侃让你快把东西背上去，吴家哥俩好像生病了，得尽快送他们回家。”

德子心脏狂跳，他暗想：怎么他们三人一个接一个地上去，却都不下来了？难道这李老四又犯老毛病，想杀人灭口独吞陪葬品？他慢慢站起，看着李老四的脸，只见李老四脸上潮红，呼吸急促，鼻子直流血，好像刚喝了鹿血一样。德子问：“你咋了，咋直流鼻血呢？”

李老四说：“我……我风寒还没好。快上去吧！”

德子背起麻袋，将信将疑地跟着李老四上台阶，李老四走得很慢，德子不敢离他太近，故意拉开两米多的距离。

来到地上墓室，德子说：“你怎么不打手电筒？这里太黑了。”

说完他把背上的麻袋往上扛了扛，费力地掏出手电筒按亮。李老四回头刚要说话，但手电筒已经打开了。墓室里赫然出现王大侃吊在半空中的尸体，影子映在身后的墙上，显得十分恐怖。

德子惊得张大了嘴说不出话，李老四不再说话，抬手举镐就抡向德子的脑袋，德子心里一直都对李老四有防备，而且他离李老四也有一段距离，他把麻袋一扔，侧身躲过了这一镐。李老四见一击失手，跨上前又是一镐，墓室里空间狭小，德子没地方躲，本能地向后一退，脚底下踩空，直接滚下了台阶。

李老四追了下来，直奔德子，德子跑到棺材后面，用手电筒照着李老四的脸大声说："李老四，你他妈的真不是东西，这么多人你也敢下手独吞？就不怕遭报应？"

李老四满脸是汗，眼睛瞪得血红，张着大嘴呼呼直喘，脸上却带着极度兴奋的神色，他"嘿嘿"笑着，双手举镐逼近德子，德子有些畏惧，说："你……你到底是咋了？"

李老四好像梦呓一样，说："娘娘让我把你们都杀了，都杀了……"

德子看着李老四扭曲的神情，不由得打了个寒战，说："李老四，你说啥呢？你是不是害了失心疯？啥娘娘啊？"

李老四说："娘娘告诉我，你们都得死，全都得下地狱……"

德子这下才明白，李老四原来不是要杀人独吞财宝，而是中了邪。他和李老四两人围着棺材转圈，德子几次想找机会冲上台阶跑出去，可都被李老四拦住了去路。

危急之中，德子弯腰捡起一块破碎的棺材板，用力扔向李老四，李老四举镐一挡的工夫儿，德子冲上台阶，死命朝外面逃去。李老四随后紧追，边跑嘴里还边发出"嗬嗬"的声音，好似疯狗一样。德子吓得大叫，不小心绊到一根撬杠摔倒在地，李老四追上来抡镐就打，德子往旁边一滚，镐头"砰"地把土地刨了个坑，德子双手抓住镐头，踹了李老四肚子一脚，李老四仰面栽倒，德子抢过镐头朝李老四挥去，正刨在他肩膀上，可李老四好像根本不疼似的，一骨碌跳起来，伸出五指直抓德子的脸。

德子吓得魂不附体，没命地往墓道外面跑，这墓道又窄又矮，还没了手电筒，几乎就是一片漆黑，身后只听见“呼哧呼哧”的喘气声。知道李老四紧跟在后，德子猫着腰半跑半爬，忽然间双腿一紧摔了个大马趴，原来李老四抓住了他的脚踝。德子转过身，朝李老四一顿挥拳，李老四浑然不知，双手顺势掐住德子的脖子，用力收紧。

德子被掐得脑袋发胀，耳朵嗡嗡直响，他照着李老四的脸“咣咣”就是两拳，打得李老四鼻血直流，可手上的劲儿却丝毫没松，渐渐向里扣。德子双腿一屈大叫一声，来了个兔子蹬鹰，把李老四踹出老远。德子边咳嗽边逃跑，转眼间已经跑出了墓道。

土坡外天气阴冷，云中的月亮照得山沟里一片惨白，显得更加吓人。德子还没等把气喘匀，李老四就追了出来，德子借着月光一看，顿时吓得叫出声来。

只见李老四的脸肿得跟猪头似的，好像充满了气，脸上血肉模糊，他摇摇晃晃向德子走来，德子扯着嗓子大叫：“李老四，四哥，你这是咋了？”李老四嘴里“嗬嗬”狂叫，双手乱抓自己的胸口，将衣服抓得稀烂，胸前的皮肤上全是破裂的大水泡，还不停地流着脓血。德子吓呆了，一时说不出话来。

忽然，李老四大叫一声，仰天张着大嘴，德子看得清清楚楚，只见无数血团从李老四的眼睛、鼻子、耳朵和嘴里冒出来，“噼里啪啦”地掉在地上，血团还在地上不停蠕动，好像刚从鱼肚子里掏出来的鱼子。

再看李老四的胸口和肚子，也“噗噗”地裂开无数个裂口，同样冒出无数血团，转眼之间，李老四已经没了人样，成了一个被血团侵蚀的行尸走肉。

德子站在原地，已经不知道什么叫害怕了，只觉得两腿之间湿漉漉的，还有一些热的液体顺着裤管流下来。渐渐地，李老四的身体萎缩下去，变成一堆脓血，那些血团在地上左突右冒，有一些还蹿到了德子面前。德子大叫一声跳起来，转身死命朝山外跑去。

德子像没头苍蝇似的在山里乱撞，如果不是今晚月光充足，就算他不被李老四掐死，也得在山里迷路困死。好容易才跑出山口来到龙嘴沟，他坐在大磨盘上喘了口气，还心有余悸地朝来路看了看，似乎李老四随时都会从草丛里跳出来，在他后背咬上一口。

德子一口气跑到家里，灌了几大口凉水后，一头钻进被窝里浑身瑟瑟发抖，在恐惧和惊吓中度过了一夜。

第二天，村里炸开了锅，王大侃、李老四，再加上吴家哥俩同时失踪，家属找到村主任，再去乡派出所报了案。警察下来一查，这几人平时都是盗墓的惯偷，又查到一个叫德子的村民精神恍惚，很少出门，行为反常，于是将他带到所里。不用说，德子像竹筒倒豆子似的把前后经过都招了。

民警大惊，连忙组织十几人上山寻找，后来终于找到王大侃他们在土坡上挖开的墓洞，并在墓洞口找到了吴家兄弟的尸体，又在墓道里发现被吊在铁链上的王大侃。在洞外地上，李老四的尸体只剩下了一堆血肉模糊的骨头，上面还残留着一些蠕动的小虫。

刚死不到两天的尸体怎么会变成骨头？民警连忙把案子上报县公安局，后来连咸阳市公安局也派人下来督察此案，先把德子以非法盗墓罪关押起来，又提审了李老四的老婆，最后请来军医大学的教授，从李老四的尸骨中提取了小虫的标本。

没有不透风的墙，这件案子在十里八村传开了，老百姓都说是李老四盗墓时触动了“墓神”，墓神降下罪来，把那些盗墓贼都收到阎王爷那去了。可为什么德子却能活下来，大伙也没个合理的解释。后来这事被一个电视台的记者给制成新闻短片在电视上播出，一时间人心惶惶，不但没有人再敢去盗墓，而且在农村一带到了晚上大伙都不敢外出。

半个月后，军医大学的化验结果出来了，原来李老四并不是触动了什么“墓神”，而是感染了一种被称为“致幻虫”的寄生虫。这种致幻虫有些类似于广西、云南一带的蛊虫，它们的生存能力极强，尤其是虫卵，在恒低温环境下能长时间处于睡眠状态达几百年甚至更长，一旦环境适宜，这些虫卵就会苏醒，如果由血液侵入生物体内，则会顺着血管先流至脊髓和脑干部位，靠血液长成幼虫，在吞吃生物细胞的同时释放出一种可以致幻的毒素，这种毒素就是使李老四经常出现幻觉的直接原因。

这些幼虫一旦进入生物体，就在宿主体内越长越大，最终成为成虫，并且大量繁殖，直到把宿主身体内一切能吃的营养物质全都吃光，它们就会破皮而出，产下大量虫卵后死去，这些虫卵则依附在杂草、植物、土地或动物身体上，寻找机会再次侵入生物体，周而复始，如果不将它们高温消灭，它们就会永远生存繁衍。

李老四最先偷的那面铜镜上就依附着大量的致幻虫卵，不过这些卵是无意中存在的，还是修墓者人为放上的就不得而知了。李老四的手指被铜镜刮破后，虫卵就乘虚而入，侵入到李老四体内，于是就发生了这件惨案。

这种虫子在明朝的一些野史文献中偶见记载，到近代几乎就灭绝了，而在东南亚、非洲和南美一些地区，至今仍然有很多含有致幻剂的植物，如墨西哥裸盖菇，人吃了之后就会看到优美的山水、雄伟的建筑、光怪陆离的珠宝和奇形怪状的飞禽走兽，这种菇多被当地人视为神药，只在祭祀或集会时才有资格服用。

还有毒蝇伞，服用后眼睛看到的任何物体都会变大数倍，据说给猫吃毒蝇伞之后，普通的小老鼠会变成巨鼠，因而将猫吓死。中国云南深山里有一种牛肝菌，如误食后则会看到一群穿红戴绿、舞刀弄枪的小人，他们上蹿下跳，令误食者感到非常恐惧。

至于李老四为什么会出现"墓神"和妲己的幻觉，而不是其他什么幻觉呢？医学专家解释，幻觉可以随人的思想而呈现不同画面，像李老四长年盗墓，虽然表面天不怕地不怕，连死人的东西都敢拿，可在这些农民内心深处的潜意识里，还是非常迷信和恐惧的，于是才出现了所谓"墓神"的幻觉。

真相大白了，政府为了消除当地农民的恐惧，将这件案子印成宣传单在咸阳周边的乡村大量发放，同时加强了对当地盗墓活动的打击力度，经过这件事后，咸阳周边的非法盗墓活动大为减少。

两个月后的一个夜晚，在洛阳北邙山深处，三个农民挥锹抡镐干得正欢，正在挖山坡上的一面砖墙。忽然"噗"的一声，坚固的砖墙开了个洞，从里面飘出一股腐败气味。几个农民大声欢呼，连忙将破洞扩大，争先恐后地钻了进去……

女尸的左臂

轩　弦

宇文雅姬，L 市刑警支队的副队长。

这天中午，雅姬独自一人来到 L 市机场。她要接待一位从 B 市远道而来的朋友——阮靖伦。

阮靖伦今年三十岁，是 B 市刑警支队的刑警。数月前，雅姬远赴 B 市调查一宗贩毒案，在此过程中，阮靖伦全力协助，不仅找到了贩毒组织的毒品工场，还当场把组织中的几名头目逮住。虽然在押送罪犯的途中，其中一名毒枭袭击阮靖伦后成功逃跑，但在整个缉毒案中，阮靖伦仍然是功不可没。

案件侦破后，雅姬在 B 市逗留了数天，阮靖伦热情地招待了她。这一回阮靖伦休假到 L 市旅游，雅姬理所当然要一尽地主之谊了。

雅姬在机场大厅等了一会儿，阮靖伦便从安检通道出来了。两人碰面以后寒暄了几句，便一同离开了机场，走上了路边的一台出租车。上车以后，雅姬向那出租车司机扫了一眼，只见那司机戴着一顶黑色的鸭舌帽，低着头，态度颇为冷淡。

雅姬向司机报上目的地后，便跟阮靖伦闲聊起来。进入L市城区后，阮靖伦忽然说道："对了，前些日子，我在B市遇到了一宗密室杀人案。有一个女人在一座水泥屋中被杀死了。那个水泥屋没有窗户，也没有通风口，唯一跟外界相通的地方就是大门。但在案发时候大门是反锁着的，而且根据我们的调查和判断，所有在屋外上锁的机械式方法都被排除了。如此一来，凶手在杀人后，到底怎样离开那水泥屋呢？"

"哦？"雅姬对阮靖伦的话很感兴趣，"那么，案件已经结案了吗？"

"是的。"阮靖伦轻轻吁了口气，"因为当时在那密封的水泥屋中，除了死者以外，还有一个男人。大家都认为那个男人是凶手，觉得密室根本不存在。"

"那你为什么会认为那男人不是凶手？"雅姬问道。

"因为……"阮靖伦顿了顿，舔了舔嘴唇，微微一笑。"这样吧，我把这宗案件的来龙去脉都告诉你，让你来推断一下……"

阮靖伦话没说完，出租车停住了。雅姬往车外一看，原来已到目的地——地球村大酒店。

"走吧！"雅姬一边给出租车司机车费，一边对阮靖伦说道，"吃饭的时候，你再把案件详细告诉我吧。"

阮靖伦还没答话，却听那出租车司机淡淡地说："我和你们一起去吃饭。"

雅姬微微一愣，与此同时，出租车司机转过头来，雅姬一看，竟然是慕容思炫！

慕容思炫，一个不修边幅、行为怪异的男青年。虽然他性格古怪，但跟雅姬却是十分要好的朋友。

他是一个好奇心极强的人，刚才开车的过程中，听到阮靖伦说起跟密室杀人案件有关的话题，心中无比好奇，因此提出要跟雅姬和阮靖伦共进午餐。

雅姬欣然应允。

这时候，雅姬、阮靖伦和思炫三人走进了地球村大酒店。经过大堂的时候，雅姬向思炫问道："慕容思炫，你怎么当起出租车司机了？"

"兼职……"思炫顿了顿，补充道，"之一。"

"你的生活还真多姿多彩呀。"雅姬那张冷若冰霜的脸露出了一个淡淡的笑容。

"对了，思炫。"雅姬接着说，"这位是来自B市的刑警，阮靖伦。"

"靖伦，这位就是我曾跟你提起过的慕容思炫。"

"哦？"阮靖伦两眼一亮，望向思炫，"你就是那位曾经协助警方侦破了许多案件的大侦探？幸会幸会！"

思炫瞥了阮靖伦一眼，却没有说话，从口袋里拿出一个装满了水果糖的塑料袋，取出两颗，扔进嘴里，大口大口地咀嚼。

阮靖伦见思炫不理会自己，有点儿尴尬，干笑了两声，接着说："两名大侦探聚首一堂，看来我所遇到的那个水泥屋密室之谜，今天肯定可以解开了。"

三人边走边谈，不一会儿来到酒店里的中餐厅。坐下以后，阮靖伦便急不可待地向雅姬和思炫叙述她在B市所遇到的那宗密室杀人案。

董兴泰，今年三十六岁，是B市刑警支队的一名刑警。

这一天下午，他正在刑警支队里翻看文件，手机忽然收到了一条短信息。董兴泰打开短信一看，其内容是："董，我杀了人！尸体就放置在七彩山山脚的那座水泥屋内。"

发送的号码是李贤佳的手机。李贤佳，一个二十九岁的男子，他是董兴泰的朋友。

虽然不知道这条短信是否是恶作剧，但董兴泰还是决定马上带队前往七彩山。而阮靖伦就是和董兴泰一起前往现场的刑警之一。

七彩山位于B市的郊外，位置偏僻，渺无人烟。七彩山山脚的确有一座水泥屋，但已荒废很久，根本没人居住。

三十分钟后，董兴泰、阮靖伦等刑警来到了那座水泥屋前，却发现水泥屋的大门上锁了。除了大门以外，水泥屋没有任何窗户、通风口等跟外界相通的地方，刑警们要进入水泥屋，必须想办法把大门打开。

为避免破坏现场，众人决定用电锯在大门上开一个洞。开洞以后，董兴泰和阮靖伦率先进入水泥屋，霎时间，一幕惊心动魄、血腥恐怖的情景映入两人眼帘。

一具全身赤裸的女尸躺在水泥屋中央，女尸背部朝上，臀部微微翘起，脑袋微转，脸部对着大门。最为惹人注意的是，女尸缺少了左臂。她左边的肩膀上，露出了被鲜血染红的白骨，看样子，她的左臂被人砍下不久。此外，女尸的脸被毁容了，五官扭在一起，血肉模糊，令人乍看之下毛骨悚然。

女尸躺在一块铺在地面的黑色帆布上。帆布早已跟大量血浆混合在一起。

除了女尸之外，在水泥屋的角落，还躺着一个男人。那男人腹部朝上，伸展着四肢，紧闭着眼睛，似乎昏迷了。他的右手上抓着一条染满了血的女子左臂，左手则握着一部手机。

这个在水泥屋中不省人事的男人，便是董兴泰的朋友李贤佳。刚才董兴泰所收到的短信，就是从李贤佳现在所握着的手机发出来的。

在水泥屋中，除了断臂女尸和昏迷不醒的李贤佳外，还有以下物件：一套女性的衣服、一把菜刀和一瓶浓硫酸。这些物件都被放在水泥屋的角落。

不一会儿，法医段佑奇到场。他跟董兴泰和阮靖伦多次合作，并在合作中跟两人逐渐成为了好朋友。

段佑奇来到现场后，对女尸展开初步检查。只见他蹲下身子，对女尸稍微查看了一下，忽然发出了“咦”的一声。阮靖伦问道：“段法医，怎么啦？”

段佑奇皱了皱眉，似乎在思索着什么，好几秒后才回过神儿来，说道：“没什么，嗯……你们过来看看。”

董兴泰和阮靖伦走到段佑奇身旁。段佑奇一边翻开尸体一边说道：“死者的后脑受到重击，根据我的初步判断，她的致死原因是头盖骨爆裂引起的脑挫伤，死亡时间大概是两小时前。她的左臂是被利器砍下的，根据出血情况，凶手是把她杀死后，再把她的手臂砍下来的。另外，她的脸部是被浓硫酸腐蚀的。以上是初步检查所得出的结论，进一步检查要等解剖尸体后才能进行。”

“好的！”董兴泰说道，“那我先协助你把尸体送回局里。阮刑警，现场就由你来调查吧……”

董兴泰话没说完，段佑奇摇了摇头，打断了他的话：“不用了，尸体让我的助手送回去就行了，我留下来协助你们调查现场吧。”他笑了笑，接着说，“别忘了，我不仅是法医，还是一名推理小说家。”

董兴泰眉头一锁，稍微思索了一下，才低沉着声音说：“这……好吧，我再派两名刑警和你的助手一起护送尸体吧。”

接下来，四名刑警走到尸体旁，一起蹲了下来，各抓住黑色帆布的一个角，合力把女尸以及帆布一同转移到担架上。随后，段佑奇的助手和两名刑警便带着尸体离开了。

这时候，李贤佳悠悠醒来了。董兴泰问他为什么会在这里。李贤佳咬着牙，苦苦回想，好几十秒后才结结巴巴地说道："我……我也不知道自己为什么会在这里。我记得我明明和小清在家吃饭，吃着吃着，脑袋忽然一阵晕厥，然后就失去了意识，直到刚才醒来。"

董兴泰紧紧盯着李贤佳，一脸严肃地问："你刚才给我发短信了吗？"

"没有啊！"李贤佳搔了搔脑袋，"我没找过你啊。我为什么会在这里？"他一边说，一边打量水泥屋里的情形。幸好此时女尸和本来被李贤佳抓住的女子左臂都已被送走，如果这些东西被李贤佳看到，一准儿把他吓坏。

接下来，李贤佳也被两名刑警带回刑警支队，接受详细问讯。而董兴泰、阮靖伦和段佑奇三人则留了下来，对现场展开详细调查。

"阮刑警，你认为李贤佳的话可信吗？"董兴泰问道。

"你跟他不是好朋友吗？"阮靖伦反问，"你认为他会杀人吗？"

"现在我的身份不是李贤佳的朋友，而是一名刑警。"董兴泰一脸认真。

阮靖伦笑了笑："从心理上来说，如果李贤佳是凶手，他杀人后，为什么要留在现场呢？又为什么要给你发短信，把你引来这里？当然，如果他杀人以后打算自首，那又另当别论。然而，他刚才在接受你问讯的时候，却完全没有自首的倾向。由此我判断，他不是凶手，凶手另有其人。"

"我赞成阮刑警的观点，几乎任何凶手都不会把自己放在首当其冲被怀疑的位置。”段佑奇说道，“如果李贤佳是凶手，那么只能解释为他患了精神分裂症，杀人的以及给董刑警发短信的是人格A，而刚才跟我们对话的是人格B，两种人格交替出现，但却不知道对方的存在。”

“嗯！”董兴泰点了点头，“我们暂时先不把事情想得那么复杂。我们假设凶手的确不是李贤佳，也就是说，凶手把李贤佳和死者弄昏迷了，把他们运到这座水泥屋中。接下来，凶手杀死了死者，把死者的左臂砍下来，还把死者毁容。然后，凶手用李贤佳的手机给我发了一条短信，把我引到这里，并在我们赶到前离开了水泥屋。凶手这样做的目的是把杀人罪嫁祸给李贤佳。”

“这个推论合情合理。”段佑奇颔首道。

“可是……”阮靖伦深深地吸了口气，“水泥屋的大门不是反锁的吗？那么，凶手在杀人以后，是怎样离开水泥屋的？”

董兴泰苦笑道：“这便是我想不通的问题了。”

接下来，三人对水泥屋进行了彻底检查。

水泥屋的面积有二十平方米左右，屋里几乎没有任何家具和摆设。水泥屋里没有窗户，也没有通风口，跟外界唯一相通的地方便是大门。那大门的开启方式是：如果人站在水泥屋外，则把大门往水泥屋内推；如果人站在水泥屋里，则把大门往屋内拉。

大门上安装了一把锁，那锁没有钥匙，只能在水泥屋里上锁，也就是说，在水泥屋外，是无法把水泥屋的大门锁上的。

除此以外，在水泥屋里，大门两侧的墙壁上各安装了一个铁环，两个铁环都固定在内墙上，坚固无比。案发时，有一根坚硬的铁棒贯穿了两个铁环，挡住了大门，使大门无法开启。

无论是把大门上锁，还是把铁棒穿过两个铁环，都必须在水泥屋里完成。在水泥屋外的人,根本无法完成。

这么说,凶手在把大门上锁后,再把铁棒穿到铁环中后,是怎样消失在这完全封闭的水泥屋之中的呢?

“你们看!”阮靖伦说道,“大门和地面之间,有一道五厘米左右的空隙。凶手会不会是在这道空隙上做了文章?”

“你的意思是……”段佑奇笑了笑,“凶手离开水泥屋后,通过这道空隙,利用某些机械方法把大门上锁,再把铁棒穿过两个铁环?”

董兴泰皱了皱眉:“这显然是无法办到的事。

阮靖伦点了点头:“那也是。”

段佑奇轻轻地拨了一下自己的头发,说道:“我们来重现一下当时的情况吧。首先,凶手把李贤佳和死者弄昏迷了,运到这座水泥屋中,然后,凶手重击了死者的头部,把死者杀死。我刚才看到那根穿过了两个铁环、让大门无法开启的铁棒上沾有血迹,估计那铁棒便是凶器。杀害了死者以后,凶手把死者的衣服都脱下来,把死者的尸体放在那块黑色帆布上,用菜刀把死者的左臂砍下,并用浓硫酸将死者毁容。铁棒、死者的衣服、菜刀和浓硫酸,这些东西都留在水泥屋里。

接下来,凶手用李贤佳的手机给董刑警发了一条短信,把他引来。短信发出以后,凶手在屋里把大门上了锁,再用凶器——那根铁棒——穿过了固定在大门两侧内墙上的两个铁环。这样一来,在不破坏大门的情况下,屋外的人无法进来,屋里的人也无法出去。

可是,当刑警赶到,用电锯在大门上开了一个洞后,却发现水泥屋里除了死者的尸体和昏迷不醒的李贤佳外,没有其他人了。凶手已经彻彻底底地消失了!”

“他到底是怎么办到的?”董兴泰喃喃地说,“把你们想到的可能性都说出来吧。”

阮靖伦望了望段佑奇:“我们的大作家,你不是对密室很有研究吗?你不是写过很多跟密室有关的推理小说吗?如果在小说中,这个密室之谜能用什么方法解开?”

段佑奇清了清嗓子,开始发表见解:“方法有很多,我逐一解说吧。可能性之一:凶手离开水泥屋后,再利用某种机械方法把门上锁,不过这个可能性刚才已经被我们排除了;可能性之二:凶手一直待在水泥屋里,在你们破门进来后,再趁你们不注意逃跑……”

“不可能!”段佑奇话没说完,董兴泰大声打断了他的话,“如你所见,这水泥屋中没有任何家具,整间屋子空空如也,要想躲起来,根本是不可能的事。除非,凶手会隐形。”

段佑奇有点抱怨地说:“你别把我的话打断嘛,我还没说完。是的,以水泥屋的情况来看,第二种情况也是不可能的,所以我们接着分析。可能性之三:死者受伤后逃进水泥屋,自己把大门上锁,再把铁棒穿过两个铁环,然后才伤重死亡,不过这个可能性也基本可以被排除了,因为死者的左臂和杀人凶器都在水泥屋里,你们想想看,死者在被别人砍掉左臂后,在脑袋被人重击后,会不会先把凶器和自己的断臂捡起来,再逃进水泥屋,然后用凶器穿过铁环,把自己的断臂放在李贤佳的手上,最后才躺在帆布上等死?这显然完全不符合逻辑。”

说到这里,他舔了舔嘴唇,加快了语速:“可能性之四:水泥屋有密道,这个你们可以进一步调查,不过我认为密道存在的可能性不大;可能性之五:死者是自杀的,不过认真一想,这个可能性也不大,要把自己的左臂砍下,把自己的脸毁容,用铁棒在自己的后脑上狠狠地打一下,这些事,是死者能独自完成的吗?再说,死者在重击自己的脑袋后,还要忍着疼痛，把铁棒穿过铁环，然后才回到帆布上躺下来等死，有可能吗？”

“别废话了！”董兴泰有点儿不耐烦，“你不要再滔滔不绝地说一些会被你自己推翻的推论了。直接说一些有用的推论行吗？”

“好，可能性之六，也是我的最后一个推论了，那就是——”段佑奇笑了笑，紧盯着董兴泰，“现场的所有刑警都在说谎！密室根本不存在。人是你们杀的，你们编造一个密室的目的是，嫁祸李贤佳！”

董兴泰微微一愣，瞪了段佑奇一眼，忍不住骂道：“去你的！”

阮靖伦的叙述到此为止。

宇文雅姬和慕容思炫迅速地交换了一个眼色。接着，雅姬轻轻咳嗽了两声，对阮靖伦说道：“的确是一宗匪夷所思的密室案件呀，如果李贤佳真的不是凶手的话。”

阮靖伦点了点头，拿起茶杯，喝了一口热茶，说道：“由于这个密室之谜终究没能解开，所以大家都认为凶手就是李贤佳，即使是最初跟我站在同一战线的董兴泰和段佑奇，后来也慢慢认为密室本来就不存在，把调查的重点放到了李贤佳身上。不过这也难怪，毕竟除了李贤佳，真的没有人可以把水泥屋的大门上锁，把铁棒穿过两个铁环。况且后来经过检验，把死者杀死的凶器的确是水泥屋中的那根铁棒，把死者的左臂砍下的，也的确是水泥屋里的那把菜刀。”

“那你呢？”雅姬问道，“你到现在还坚信李贤佳不是凶手？”

“是的。”阮靖伦使劲地点了点头。

“为什么？”

“其中一个原因，就像我和董兴泰、段佑奇一开始分析的那样，如果李贤佳是凶手，他为什么要留在现场呢？为什么要让自己成为首要嫌疑犯呢？他是为了实施反心理战术，让我们不怀疑他？但是只要密室的存在无法解释，最终我们还是会把他当成凶手呀！不过这个‘凶手杀人后不会留在现场’的观点很快就被段佑奇推翻了。因为他查到李贤佳真的患有精神分裂症！”

“哦？”雅姬有点儿出乎意料，稍微怔了一下。一直在低着头玩弄着茶杯的思炫也微微抬起头，向阮靖伦望了一眼。

阮靖伦深深地吸了口气，接着叙述：“虽然他只是患上了轻度的精神分裂，但已能解释他在行凶后留在现场一事了——如果他真的是凶手的话。”

“对了！”雅姬问道，“死者是什么人？李贤佳有杀人动机吗？”

“死者叫白清，是李贤佳的女朋友。根据李贤佳的口供，当天他跟白清在家里吃饭，吃着吃着就昏迷了。我想，凶手很有可能在他们的饭菜中放了迷药，把他俩弄昏迷了，再用汽车把他们运到那间水泥屋中。”

“李贤佳有杀害白清的动机吗？”雅姬追问。

“没有明显动机，不过董兴泰和段佑奇都说，一个患有精神分裂的人，杀人是不需要动机的。”阮靖伦说罢叹了口气。

“那么，白清的人际关系如何？”雅姬又问。

“她是一个很普通的女孩子，过着风平浪静的生活，唯一一件值得注意的事情是，她在大学时期曾经当过第三者，抢走了一个女孩子的男朋友，那女孩子经受不住失恋的打击，竟然割腕自杀了。那件事以后，白清终日闷闷不乐，不久便跟那抢来的男朋友分手了。”

雅姬点了点头，整理了一下思路，接着又问：“正如你所说，李贤佳真的患有精神分裂症，那你还有什么理由相信他不是凶手？”

“是这样的。”阮靖伦说道，“李贤佳在案发时留在现场，这是我认为他不是凶手的其中一个原因。另一个原因是,在水泥屋中,除了李贤佳和死者白清的DNA(脱氧核糖核酸)外,我还发现了第三个人的DNA。恰好在那几天,有一个叫蒋榕月的女子被杀害了,还被碎尸了,尸块被丢弃在一个垃圾桶里,被一个以捡瓶子为生的老婆婆发现了。巧合的是,蒋榕月的DNA竟然跟我在水泥屋中找到的第三个人的DNA完全吻合。也就是说,案发当天,这个叫蒋榕月的女子也到过水泥屋!"

"咦?"雅姬秀眉一蹙,"曾经出现在凶案现场的人也被杀害?的确耐人寻味。"

阮靖伦接着说:"经过我的调查,蒋榕月是一名十分落魄的女子,她欠下了巨额赌债,被迫在一家桑拿中心当小姐。可是她为什么会到水泥屋去?她跟白清被杀一案有关吗?她为什么会被杀死?她是被谁杀死的?杀人凶手为什么要把她碎尸?她被杀一案,跟白清被杀一案是否有关?"

阮靖伦一口气把话说完,深深地吸了口气,才慢悠悠地接着说:"由于这些疑点的存在,我认为案件绝非大家想象的那么简单。我始终固执地认为,李贤佳并非凶手!"

"是的,你说得对,李贤佳并非杀害白清的凶手。"一直默然不语的思炫冷不防冒出了一句话,把阮靖伦吓了一跳。

思炫不等阮靖伦反应过来,接着又说:"疑点之一:凶手为什么要在现场放置一块黑色帆布,把白清的尸体放在帆布之上?疑点之二:凶手为什么要把白清的脸部毁容?疑点之三:凶手为什么要砍去白清的左臂?这也是解开水泥屋密室之谜的关键。"

"你的意思是,只要知道了凶手砍去白清左臂的理由,就能解开这个密室之谜?"阮靖伦问道。

思炫却没有回答她的问题，从口袋里拿出一个烟盒，在烟盒中倒出几颗水果硬糖，放到嘴里，大力咀嚼。

雅姬望了阮靖伦一眼，淡淡地说："思炫说得不错，女尸被砍下左臂，的确就是解开密室之谜的关键。"

"宇文刑警！"阮靖伦望向雅姬，有点儿吃惊地说，"你也把密室之谜解开了？"

雅姬淡淡一笑："思炫，借用一下你的名句：一切是一目了然的，所有疑点都显而易见。"

"那么……"阮靖伦吸了口气，一字一顿地说，"请你们把真相告诉我。"

雅姬喝了一口热茶，向思炫望了一眼，说道："思炫，还是你来说吧。"

思炫没有回答，甚至没有瞧上雅姬一眼，咬了咬自己左手的大拇指，嘴唇微张，开始叙述案件的真相。

挑战读者

小说至此，已经把所有线索都交代完毕了。换句话说，您已经拥有足够去解开这个密室之谜的线索了。

此外，我还可以告诉您，凶手的名字，在上文中已经出现。

现在，请您回答两个问题：

一、凶手是谁？

二、凶手如何制造密室之谜？

填写好您的答案后，请开始阅读解谜篇。

“我没能亲赴现场，所以只能根据你所提供的线索进行合理的推测。首先我们要解决最重要的问题：水泥屋的大门是被谁上锁的？又是谁把铁棒穿过两个铁环的？根据你的叙述，能做到这两件事的只有水泥屋里的人。除去其他不可能的要素，剩下的无论多么难以置信，但也必然是答案。在此我们暂时排除了李贤佳是凶手的可能，也就是说，把大门上锁和把铁棒穿过铁环的，只可能是一个人，那便是当时和李贤佳一起留在水泥屋中的‘女尸’！”

“啊？”阮靖伦听到这里惊叫了一声，“你……你是说，把大门上锁的是那具女尸？怎么可能呀？那是一具尸体呀！尸体会动吗？”

“尸体当然不会动。”思炫的声音没有丝毫的起伏，“但如果那不是尸体，而是一个活生生的人呢？”

“活生生的人？”阮靖伦搔了搔脑袋，“那她把大门上锁后，是被谁杀死的？”

“她并没有被杀死。”

“但我们破门以后的确看到了她的尸体呀。”

“你为什么会认为那是一具尸体？”思炫的声音仍然毫无抑扬顿挫。

“那是因为我看到那女子的左手被砍掉了，脸部被毁容了，躺在地上一动不动，而且她的身体周围流满了鲜血，你认为一个人在这种状况下还能生存吗？”阮靖伦虽然在反驳思炫的话，但语气却开始动摇，“再……再说，段佑奇法医不是当场检查了尸体吗？如果当时那女子还没死，段佑奇怎么会没发现……啊——难道……”

思炫嘴角一扬，稍微提高了音量：“是的，你终于想到了。如此一来，这宗案件的另一个重要的问题——凶手的身份——也得到解决了。没错，杀害白清的凶手，就是法医段佑奇！”

阮靖伦张大了嘴巴，一脸骇然的神情。

思炫又从烟盒里倒出两颗水果糖，一边放到嘴里，一边说道：“我从头说起吧。首先，段佑奇由于某些原因，对白清起了杀意。他的杀人动机是什么，我不清楚。但我想，应该跟当年那个被白清抢走男朋友而自杀的女孩子有关。那女孩子可能是段佑奇的妹妹或重要的人，反正段佑奇杀害白清的动机，就是为了帮那个女孩子复仇。女孩是割腕自杀的，所以段佑奇要把白清的整条手臂给砍下来。

接下来，段佑奇找到了一名在桑拿中心当小姐的落魄女子，她便是蒋榕月。他对蒋榕月说，只要她能帮他做一件事，他就会付给她高额的报酬，那些报酬足够她还清所有赌债，甚至足够她生活一辈子。虽然那件事对蒋榕月来说十分为难，但被高利贷逼得走投无路的她，最后还是答应了段佑奇的要求。

然后，段佑奇要准备一些道具，包括：菜刀、浓硫酸、帆布，此外还有一种能让人肌肉松弛、呼吸减缓的麻醉药物。

至于水泥屋中的铁棒以及固定在大门两侧的内墙上的那两个铁环，是本来就存在于水泥屋中的，还是段佑奇后来所准备的，我就不得而知了。反正那些也是他杀人计划的道具之一。

一切准备就绪后，段佑奇就潜入李贤佳和白清的家，在他们的饭菜中放了迷药，把他们弄昏迷了，并跟蒋榕月合力把他们搬到汽车的后备箱中，运到七彩山山脚的水泥屋里。

进入水泥屋后，段佑奇首先把白清的衣服和裤子都脱掉，接着用铁棒重击了昏迷不醒的白清，把她杀死，再用浓硫酸毁掉了白清的脸部，最后还用菜刀砍下了白清的左臂。

完成了这些以后，他把白清的尸体带走，放回汽车的后备箱中。真正的尸体被送走了，就必须用一具假尸体代替，留在水泥屋中代替白清的尸体的，便是蒋榕月——一个活生生的人。"

"等……等一下！"阮靖伦听到这里，终于忍不住打断了思炫的话，"你是说，我和董兴泰进入现场的时候，所看到的那具'女尸'，其实是一个活人？这……太不可思议了吧？"

"事实就是这样。"思炫说道。

"我们怎么会连一个活人和一具尸体都分辨不清呢？"阮靖伦咬了咬牙。

"那是因为段佑奇在蒋榕月的身上做了手脚。"

"什么？"

思炫舔了舔自己的手指，续道："我刚才不是说，段佑奇还准备了一种能让人肌肉松弛、呼吸减缓的药物吗？根据我的推断，他应该是用了硫喷妥钠，只要在一个人的静脉注射了这种药物，那人便会在三十秒内进入麻醉，神志暂时消去，肌肉也会在一定的程度上松弛。蒋榕月由于注射了这种药物，处于麻醉状态，所以干扰了你们的判断，让你们以为她是一具尸体。"

"但那具'尸体'的确是被毁容了呀。"阮靖伦说到"尸体"二字时，语气之中也带上了一丝的不确定。

"那些只是化装效果。"

"化装效果？嗯，你的说法勉强成立吧……等一下！"阮靖伦忽然想到一事，语气又变得斩钉截铁了，"是的，段佑奇可以利用药物让活人麻醉，也可以用化装效果把活人'毁容'，但手臂呢？他怎么把蒋榕月这个大活人的左臂隐藏起来？当时在我眼前的尸体，的确是没有左臂的！我绝对没有眼花！"

“这便是这个诡计的高明之处，同时也是这个诡计的狠毒之处。”思炫说到这里，声音微微起伏，“还记得我刚才说，段佑奇付给蒋榕月高额报酬，让她做一件十分为难的事吗？”

“所谓为难的事，不是指让蒋榕月协助他杀人吗？”阮靖伦问道。

“对于一个走投无路的落魄女子来说，协助杀人并不为难。事实上，段佑奇要她做的事是，自己把自己的左臂砍下来！”

阮靖伦听到这里惊呼了一声。即使是镇定自若的雅姬，在听到这句话的时候，脸上也忍不住微微动容，尽管她早已推测到这一节。

思炫抓了抓自己那一头杂乱无比的头发，接着说：“段佑奇为了让蒋榕月毫无破绽地扮演‘白清尸体’这个角色，在几天前便让她自断左臂。这对蒋榕月来说当然需要莫大的勇气。换了是别人，哪怕对方愿意支付自己一辈子也花不完的钱，恐怕也不会轻易砍下自己的手臂。但蒋榕月当时欠下了巨额赌债，如果还不了，高利贷同样会把她的手砍下，甚至把她砍死。横竖都是死，倒不如答应段佑奇的要求。

这也是后来段佑奇把蒋榕月灭口后，还要把她碎尸的理由。所以碎尸，是为了不让警察注意到蒋榕月和白清一样，失去了左臂！一旦警察把白清被杀和蒋榕月被杀这两宗案件联系起来，段佑奇的诡计就很容易被识破了。

再说案发之时，段佑奇把白清的尸体带走了，只把刚从白清的尸体上砍下来的左臂留下。而蒋榕月就独自一人留在水泥屋里。当然，在段佑奇离开前，他先利用化装效果，把蒋榕月的脸‘毁容’，还把她的左边肩膀弄得血肉模糊，让人看上去以为她的手臂是刚被砍下来一般。此外，蒋榕月还把自己身上的衣裤都脱去了，让段佑奇带走。

段佑奇离开后，蒋榕月关上了水泥屋的大门，把大门上锁，并把刚才杀害白清的凶器——那根铁棒——穿过了大门两侧的铁环。当然，在此之前，她先让昏迷之中的李贤佳握了一下那跟铁棒，把他的指纹留在铁棒上。

接下来，蒋榕月把白清的衣裤、砍下白清左臂的菜刀、毁去白清容貌的浓硫酸等物品放在水泥屋的角落，并在水泥屋中央铺上了一块黑色的帆布。

然后，蒋榕月把白清的左臂让李贤佳握住，并用李贤佳的手机给他的好朋友董兴泰发了一条短信，把他引到水泥屋来。做完了这些以后，蒋榕月就走到帆布上，躺了下来。

为什么要躺在帆布上呢？那是为了不让自己的毛发留在现场。当警察和法医发现'尸体'躺在帆布上的时候，会把尸体连同帆布移到担架上带走，这样一来，赤裸着身体的蒋榕月所留下的毛发，就全部留在帆布上，而不会留在现场。

脱去全身的衣裤，也是相同的理由。如果蒋榕月穿着衣服，事后衣服会作为证物，由于衣服上肯定残留着蒋榕月的毛发，所以蒋榕月将会无所遁形。而现在，无论鉴证科的人员怎样检查水泥屋中的那套衣服，也只会在衣服上找到白清的 DNA。

可惜百密一疏，段佑奇和蒋榕月的计划虽然如此严密，但蒋榕月还是不慎在现场留下了 DNA，而且被你发现了。”

思炫说到这里，向阮靖伦望了一眼。

阮靖伦早已被思炫那无懈可击的推理所折服了，点了点头，说道：“请你接着说吧。”

思炫又吃下了两颗水果糖，才慢腾腾地说道：“躺下之后，蒋榕月就拿出针筒，把硫喷妥钠注射到自己的静脉之中。几十秒后，她便被麻醉了，处于‘假死’状态。段佑奇之前把一根鱼线绑在针筒上，并把鱼线通过大门的空隙延伸到水泥屋外。在确认蒋榕月已经把自己麻醉后，段佑奇就利用鱼线把针筒拉出来。还记得大门和地面之间的那道五厘米左右的空隙吗？针筒就是通过那道空隙被拉到水泥屋外的。如此一来，不该留下来的证据都离开密室了，该留下来的假象都留下来了，密室真正地形成了。”

阮靖伦咽了口唾沫，想了好几秒，才说道：“你的推理虽然颇为完美，但我总觉得用活人代替尸体的做法太过冒险了。如果在段佑奇到场前，我们认真地检查了‘尸体’，要发现她是活人的可能性也不是没有的呀。”

“是的，这个诡计有一定的风险，但段佑奇采取了一些措施，把风险降到最低：第一、他不仅让你们看到‘尸体’，还让你们看到‘尸体’被毁容了，甚至让你们看到‘尸体’的左臂被砍了下来，这些状况让你们确信在你们眼前的的确是一个没有生命的死人；第二、你们先看到了一具缺少了左臂的‘尸体’，接着在不远处看到一条左臂，在这种情况下，你们必然会先入为主地认为，那条手臂是属于眼前这具‘尸体’的，后来经过调查，左臂的确是属于白清的，你们就更加确信，当时出现在现场的便是白清的尸体和白清的左臂，你们没有想到，‘尸体’后来被掉换了。

当然，这两个措施只是利用了你们的心理盲点，对于假扮成尸体的蒋榕月，并没有实质性的保护作用。因此段佑奇还采取了另外两个措施：第一、他在现场留下了白清的衣服和把白清手臂砍下来的菜刀，由于菜刀和衣服上都有白清的 DNA，就会让你们更加确信在水泥屋中看到的‘尸体’就是白清；第二、他让某个人在现场监视你们，确保在他——段佑奇到场以前，你们不会接近尸体、乱动尸体。这也是保证蒋榕月的活人身份不被揭穿的最重要的措施。"

"什么?"阮靖伦又一次叫了出来,"当时有某个人在监视我们?你的意思是,在我们刑警支队中,有段佑奇的共犯存在?"

"是的。"思炫冷冷地说。

"是谁?"阮靖伦追问。

思炫微微抬起头,向阮靖伦瞟了一眼,冷冷地说:"那人便是负责带队调查这宗案件的董兴泰!"

阮靖伦两手捂嘴,连话也说不出来了。

"董……董刑警为什么要这样做?"好几分钟后,阮靖伦才从嘴边勉强挤出一句话。

雅姬那冰冷的目光在阮靖伦那张有点儿惊慌的脸上快速一掠,淡淡地说:"我想,董兴泰有把柄在段佑奇手上。段佑奇对他进行威胁,所以他不得不顺从段佑奇,协助他完成杀人计划,在计划中充当监视'尸体'的角色。"

阮靖伦呆了半晌,才低沉着声音说:"看来,那封威胁信,并非无中生有了。"

雅姬两眉一皱,问道:"什么威胁信?"

"是这样的。"阮靖伦定了定神,"董兴泰曾经收到一张小纸条,其内容是:'我知道白清和蒋榕月是被你们杀死的。如果不想事情被公开,请准备好十万元人民币。我会再联络你。'"

"你为什么会看到这张纸条?"雅姬问道。

"我无意中在董兴泰的办公桌上看到的。"阮靖伦咽了口唾沫说道。

雅姬和思炫对望了一眼,迅速地交换了一个眼色。雅姬舔了舔嘴唇,又说:"你认为,这封勒索信,是谁给董兴泰的?"

“我想……”阮靖伦紧锁双眉，想了好几秒，才说道，“应该是段佑奇！是的，知道白清被杀真相的只有三个人：凶手段佑奇，共犯蒋榕月，还有负责监视‘尸体’的董兴泰。蒋榕月被杀死了——那自然是段佑奇杀人灭口，那么知道董兴泰参与了杀害白清计划这件事的，除了董兴泰自己外，便只有段佑奇一个了。所以，勒索信很有可能是段佑奇发出来的。”

“我有另一个想法，你有兴趣听一下吗？”雅姬问道。

“嗯，请说。”

雅姬清了清嗓子：“我认为勒索信不是段佑奇发出来的：原因之一、勒索信中说‘我知道白清和蒋榕月是被你们杀死的’，注意，这里用了‘你们’一词，所谓‘你们’，就是指段佑奇和董兴泰，如果勒索信是段佑奇发出来的，那么这个‘你们’的存在就极不自然了；原因之二、段佑奇没有动机，发出勒索信的人的目的是向董兴泰勒索金钱，可是段佑奇，一个可以随时支付蒋榕月巨额报酬的人——虽然关于支付巨额报酬一事只是我们的猜测，但你认为他会缺钱吗？”

阮靖伦听到这里，脸色微变，喃喃地说：“我……我一直以为勒索信就是段佑奇发出来的，听你这样一说……那么，勒索信到底是谁发出来的？”

雅姬微微吸了口气，稍微加大了声音说道：“是李贤佳。”

“啊？”阮靖伦张大了嘴巴，“他……他为什么会知道杀害白清的凶手是段佑奇和董兴泰？”

雅姬向阮靖伦望了一眼，神色冰冷，淡淡说道：“事实上，由于迷药的分量不足，李贤佳醒来的时间，比段佑奇所预计的时间要早一些。在董兴泰带队赶到水泥屋之前，李贤佳就醒了过来。当时蒋榕月已经被自己麻醉了。李贤佳看到现场的情景，呆住了。但他很快就冷静下来，细心查看水泥屋中的‘尸体’，发现那原来是一个活人。虽然那‘尸体’的脸部被‘毁容’，但对白清身体极为熟悉的李贤佳，很快就发现了眼前之人并非白清。但与此同时，他也认出自己所握着的那条左臂，的确属于白清。于是他把穿在铁环上的铁棒抽出来，重击了蒋榕月，真的把她打死了。

他为什么要这样做？正如董兴泰和段佑奇所说，一个患有精神分裂症的人，杀人是不需要理由的。他处于封闭的水泥屋中，看到惨不忍睹的情景——虽然是假的，但他知道自己的女朋友凶多吉少，在这样的情况下，他无比压抑，心理已经扭曲，于是精神病发作，凶残地杀死了眼前这个并非自己女朋友的人。”

阮靖伦听得面如土色，目瞪口呆。

好几十秒后，他才稍微回过神儿来，结结巴巴地说：“这……这么说，李贤佳杀死了蒋榕月后，把铁棒重新穿过两个铁环，接着再次躺下来，假装昏迷？由于他知道蒋榕月本来是没有死的，因此识破了段佑奇和董兴泰的计划？当他看到董兴泰带队调查的时候，当他看到段佑奇以法医身份出现的时候，便知道他们两人是杀人计划的始作俑者？”

“是的。”雅姬一脸严肃。

“可……可是……”阮靖伦犹豫了一下，还是把话说出来了，“这些只是你的推测呀，根本没有证据。”

雅姬还没答话，思炫说道：“有证据。”

“什么？”阮靖伦失声道。

思炫扭动了一下脖子，咬了咬自己的大拇指，神情木然，话语冰冷：“刚才在你的叙述中，段佑奇到达现场看到尸体后，感到十分迷惑。他为什么会感到迷惑？因为他看到蒋榕月真的死了。不过他很快就冷静下来，将计就计。他本来就打算把杀人罪嫁祸给李贤佳，现在在封闭的水泥屋中所出现的真的是尸体，这便增加了他嫁祸李贤佳的资本。于是他不失时机地把你和董兴泰叫到尸体跟前，让你们近距离观察尸体。他这样做是为了让你们确认在你们眼前的的确是一个死人。”

思炫顿了顿，舔了舔嘴唇，接着说：“按照原计划，在水泥屋中的蒋榕月是一个活人，除了段佑奇和董兴泰外，其他人对她都是只可远观，不能接近。在原计划中，董兴泰会和段佑奇亲自带着‘尸体’离开现场，而你——阮靖伦，则负责留下来调查现场。但现在情况有变，于是段佑奇让他的助手把尸体送回去。反正那已经是一具真正的尸体了，助手是不会发现破绽的。段佑奇只需要在回局里后，把蒋榕月的尸体换成白清的尸体就大功告成了。

助手带着尸体离开，而段佑奇和董兴泰则留了下来。由于他们没有参与尸体的护送，日后即使‘活人代替尸体’的诡计被识破，他们也能以此反驳。可以说，李贤佳杀死了蒋榕月，给段佑奇帮了一个大忙。

“根据段佑奇当时的反应和行为，我们完全可以认为，宇文雅姬的推论——李贤佳杀死了蒋榕月——成立的可能性极大。”

“太……太可怕了！”阮靖伦连声音也颤抖了，“你们在我简短的叙述中，便能得出这么多惊人的推论。看来推理真的是一件恐怖的兵器呀！”

雅姬向阮靖伦望了一眼，欲言又止。

这时候，只见思炫站了起来，望了望雅姬，目无表情地说道：“密室之谜已经解开了，我走了。”

雅姬先是一愣，随后立即会意，向思炫点了点头，以示感谢。

思炫走后,阮靖伦说道:“他还没吃饭呢,怎么这么快就走了?”

雅姬那如冷刀一般的目光在阮靖伦脸上一扫,微微咬着下唇,正色道:“因为他知道我想跟你单独谈一谈。”

“跟我?”阮靖伦搔了搔脑袋,露出了迷惑的表情,“谈什么?”

雅姬把茶杯中的茶一饮而尽,放下茶杯,吸了口气,才慢慢地说道:“你说你在董兴泰的办公桌上无意中看到他所收到的勒索信。我认为,董兴泰不会这么大意,把一封事关重大的勒索信随便放在办公桌上,还让你看到。”

阮靖伦听到这里,露出了不安的表情,他颤声说:“你想说什么?”

雅姬没有回答他的话,自个儿说下去:“你知道吗?我曾经看过你在你的个人博客上所发布的一张毕业照,那是你的高中毕业照,照片中除了你以外,还有一个人是我认识的,那就是李贤佳!是的,你所叙述的这宗谋杀案,我之前已经听说过,并且翻看过相关人物的档案,因此我看过李贤佳的照片。

你为什么要向我隐瞒你跟李贤佳是高中同学这件事呢?很简单。因为在你的叙述中,你把自己跟董兴泰刑警的身份给对调了。也就是说,李贤佳的朋友,不是董兴泰,而是你;当天收到由李贤佳的手机发出的短信的,也不是董兴泰,而是你!收到勒索信的是你,协助段佑奇进行杀人计划的也是你,你才是真正的共犯!”

“我……”阮靖伦一时语塞了,想了十多秒才颇为慌张地继续道,“我……我是共犯?证据呢?”

“你刚才说:‘我一直以为勒索信就是段佑奇发出来的。’可是在听到思炫的推理以前,你不该知道凶手是段佑奇,甚至不该知道案件跟段佑奇有关,那你为什么会‘一直以为勒索信就是段佑奇发出来的’?原因很简单,你早就知道段佑奇是凶手,你才是段佑奇的共犯。你虽然在叙述中把自己跟董兴泰的身份对调了,而且叙述起来小心翼翼,但终究露出了破绽,说出了你叙述中的那个'阮靖伦'所不该说的话。"

阮靖伦咬了咬牙,没有说话。

"你为什么要协助段佑奇呢? 我想,跟我最初的推理一样,你有把柄在段佑奇手上。是什么把柄呢? 请容我大胆假设一下:数月前,你找到了一个贩毒组织的毒品工场,还当场把组织中的几名头目逮住。不过在押送那几个毒枭的过程中,其中一个毒枭忽然发难,袭击了你,并且成功逃跑。可是,我认为毒枭在你的押送之下逃跑并非容易之事,除非——是你放走了他!"

阮靖伦听到这里,脸色变得苍白,露出了绝望的表情。

雅姬接着说:"是的,那毒枭贿赂了你,所以你把他放走了。然而,这件事却被段佑奇发现了。于是他威胁你,要你协助他进行杀人计划,否则就揭穿你的丑行。无可选择的你,只好接受了段佑奇的要求,在到达水泥屋后,对董兴泰等刑警进行监视,不让他们接近蒋榕月的尸体——当时你并不知道那已经是一具真正的尸体了。"

阮靖伦长长地叹了口气,微张嘴唇,似乎想说些什么,但终究没有吐出半个字。

"事实上……"雅姬稍微放缓了语气,"你早就打算要自首,对吧? 你一时贪心,放走了毒枭,接受了贿赂,后来又一错再错,协助段佑奇进行杀人计划。你越陷越深,忽然惊觉了,认为自己必须回头是岸了,但却又下不了决心自首。于是你自己跟自己打赌,你来到 L 市,把白清被杀一案的来龙去脉告诉我,哪怕是一些极为细小的线索,你都没有保留。你希望我能通过你的叙述,推理出案件的真相。你跟自己打赌的内容是:如果我能推理出真相,指出你是共犯,你就自首;如果我没能推理出真相,那么你就放弃自首。我说得对吗?"

阮靖伦听到这里,一张扭曲的脸逐渐恢复正常,他吁了口气,抬头望向雅姬,微微一笑,温言道:"宇文雅姬呀宇文雅姬,你真是一个非同寻常的女人呀。我早就料到你能推理出案件的真相,指出我是段佑奇的共犯,但我实在没有想到,你竟然连我自己跟自己打赌的事也猜出来了。你实在太了不起了!我打从一开始就是这样想的:即使要被逮捕,我也要让我最佩服的警察亲手逮捕。而今天,我不仅能向你——一个可以用推理来看破一切的智者自首,而且还见识了一个推理能力足以跟你并驾齐驱的男青年的推理,即使从此失去自由,我也没有遗憾了。"

"慕容思炫,他并非跟我并驾齐驱。"雅姬心想,"他的智慧,远远超越了我。"

她还在思索,只见阮靖伦望了望她,凄然一笑,接着并排伸出两手,轻轻握拳,放到雅姬跟前。与此同时,他的脸上露出了安详的表情,似乎终于从痛苦的地狱之中得到了解脱一般。

上帝的黑名单

上官午夜

1 舞台杀人事件

2007年的最后一夜，江川大学里，空气中弥漫着潮湿，似乎正在酝酿着一场风雪。

尽管天寒地冻，可是整个校园却喧嚣异常，因为还有十分钟，大型歌舞剧《王子与天使》就要上演，这台歌舞剧是文艺部自编自导自演的，讲述着一个童话般的浪漫故事：美丽的天使降临人间，与英俊的王子一见钟情，可是他们的爱情却遭到女巫的嫉妒，女巫对王子下了最毒的咒语，使王子变成一个丑八怪，并且昏迷不醒；天使为了拯救王子而死去，王子被圣水唤醒了，当他杀死女巫，跪在天使的水晶棺前正准备殉情时，他们的爱情感动了上帝，王子恢复了英俊的容貌，天使也得以复活，有情人终成眷属。

十分钟很快就过去了，当扮演天使的范玲玲一出场，立刻就赢得了满堂喝彩。其实这个角色最早不是让她演的，虽然她是外语系的系花，长得特别漂亮，但她的舞蹈功底不行，后来是她老爸找了校长，校长又找了文艺部部长，才终于让她扮演天使。范玲玲痴狂地想演天使还有一个原因，那就是她正在暗恋扮演王子的莫飞。莫飞是中文系的四大才子之一，英俊不凡，所以范玲玲试图凭借演歌舞剧的机会让莫飞爱上她。功夫不负有心人，排练的一个多月里，她使出浑身解数终于感动了莫飞，他们的恋情也因此成为江川大学最抢眼的一道风景线。

范玲玲今天的发挥出奇精彩，声情并茂，倒也掩盖了舞蹈的不足，尤其是演到被戴着面具的魔鬼杀死的时候，简直到了淋漓尽致的境界。当初排练时，为了演出效果达到最佳，被杀死的演员事先在身上藏有红药水，待匕首刺中自己时，就把红药水偷偷地倒在身上，所以当范玲玲一身是血倒在舞台上，台下的尖叫声和掌声一浪紧接一浪，都说她演得太好、太逼真了。可是谁也未曾注意到，一个小塑料瓶从范玲玲的手里悄然无息地滚落到她的脚边，那是她事先准备好的，还没有来得及打开的红药水。

舞台上的演出还在继续着，魔鬼们退了下去，王子与女巫的生死搏斗再次赢得全场喝彩。当王子跪下去准备殉情时，有些女生甚至感动得泪流满面。王子抱着天使的身体使劲地摇了摇，突然间，他的神情变得惊慌，他猛地松开了天使，那模样就跟活见鬼似的，只见他连连退后，狂喊道："杀人了！杀人了——"

全场骚动，音乐声戛然而止。

范玲玲死了！

2　苏墨，他是凶手吗？

警察转眼间就来到江川大学，严密封锁了现场，仅留下一些重要人物问话。参加演出的十余人全都留下来,他们无不惊恐地看着躺在血泊中的范玲玲,谁也不知道这是怎么回事,尤其是莫飞,哭得一把鼻涕一把泪。

经法医鉴定,范玲玲是被匕首刺进心脏,一刀致命。

刑警队长罗天用那双鹰一般锐利的眼睛扫视着四周,问道:“这台歌舞剧是谁负责的?”

“是我。”说话的是文艺部部长顾小楠,他双眼通红,声音沙哑得厉害,因为患了重感冒,他怕传染给别人,所以戴着口罩。发现范玲玲出事以后,他是第一个从观众席上冲到舞台的。他向罗天简单讲述了歌舞剧的大致情节,最后强调了一句:“他们用的刀都是道具,排练了一个多月,不可能出现意外的。”虽然口罩遮住了他脸上的表情,可是从他的语气听得出他对范玲玲的死感到非常意外。

罗天转身对旁边的一个警察耳语一番,又问顾小楠:“演出的时候,你在哪里?”

顾小楠说道:“我就坐在台下看节目,很多人都看到的。”

罗天不再说话,他蹲下身子,捡起脚边的一把道具刀,若有所思地把玩着。这刀乍一看像真的,可是拿在手上却轻飘飘的,用它当然杀不了人,可是……如果拿错了,误拿成真刀呢?范玲玲的死因是一刀致命,也就是说,即使拿错刀,也不可能那么准、那么狠。很显然,有人想借歌舞剧杀死范玲玲,这是一起蓄意谋杀案件,而且还是在众目睽睽之下进行的。

罗天问:“扮演杀范玲玲的那个‘魔鬼’是谁?”

顾小楠回答:“苏墨!但是他不见了……”话音刚落,就听见后台传来一声惊呼:“罗队,你快来!”

罗天一下就听出这是小刘的声音，刚才让他到后台寻找凶器，难道找到了？

待所有人跑到后台时，只见衣柜里蜷缩着一个男生，他睡眼惺忪，目光呆滞，一脸的茫然，在他的右脸颊有一道清晰的血痕，像是被抓伤的，血迹已干。他看了看四周，眨眨眼睛，喃声道："发生了什么事？我……我怎么会在这里？"

在罗天意识到这个男生是谁的时候，紧随其后的学生已经喊出了他的名字，他就是苏墨！

苏墨被列为最大嫌疑犯带回警察局，罗天连夜对他进行审问："你很喜欢范玲玲，是吗？"罗天从一些学生口中得知苏墨暗恋范玲玲已久，只可惜落花有意、流水无情，范玲玲连正眼也不愿瞧他。其实不止范玲玲，几乎所有文艺部的同学都瞧不起苏墨，因为他成绩不好、相貌平凡、言辞笨拙、家境贫寒……在他身上找不到任何优点，范玲玲不仅不愿正眼瞧他，而且经常拿他出气、嘲弄他，对他嗤之以鼻。事发前的当天下午，为了一点点小事，范玲玲对他百般辱骂，当着所有同学的面把他损得一无是处，他一气之下顶了范玲玲几句，结果差点儿被莫飞揍一顿。据其他学生反映，曾在后台无意听到苏墨说要杀了范玲玲。

苏墨得知范玲玲出事以后，愣了愣，脸上没有任何表情，跟木头桩子一样。

罗天继续问："你既然喜欢她，为什么还要杀她？"他的声音很轻，很随和，听起来就像在唠家常。苏墨始终一言不发，一旁的小刘忍不住了，拍案而起："你小子装什么孙子？你以为沉默就可以证明你无罪吗？快给我从实招来！"

被他这么一凶，苏墨终于转动了一下眼珠，说："范玲玲不是我杀的。”

“不是你杀的？那我问你，你是不是扮演杀死范玲玲的‘魔鬼’？”小刘马上就火了。

“是，可是……”

“这不就结了嘛！还可是什么？”小刘打断了他的话。

“我没有杀范玲玲！我根本不知道是怎么回事！”苏墨的声音陡然提高了八度，情绪变得激动起来。

“你……”小刘还想发火，却被罗天制止了。罗天平静地对苏墨说：“你接着往下说。”

“这台歌舞剧排练了一个多月，其实大家已经排得滚瓜烂熟，可是顾小楠仍不放心，就让我们下午多排了几遍。吃饭的时候，他们都走了，只有我一个人留下来，我正在琢磨我的戏，突然被人从后面蒙住了嘴巴、鼻子，接着我就昏了过去，等到醒来后，才发现自己躺在衣柜里……”

“你的意思是有人把你弄晕了，然后再趁着演出的时候穿上你的魔鬼服、戴上你的面具混到舞台上杀了范玲玲，嫁祸于你？苏墨，你知不知道你编的这个理由很烂？”小刘打断了他的话，冷冷地说。

“我说的都是真的，我没有杀范玲玲！”

“为什么你不去吃饭，要一个人留下来呢？”罗天问。

“因为……”苏墨的声音低了下来，语气里充满了自卑，“因为我比较笨，他们都瞧不起我，说我连演个配角也老是出错，所以我就等他们走了以后自己偷偷地练，我怕他们笑话我。”

“听说下午你跟范玲玲吵了架，还差点儿跟莫飞打起来，有这回事吗？”

“有，我承认我是喜欢范玲玲的，喜欢一个人没错吧？可她不该当着那么多人的面骂我，说我癞蛤蟆想吃天鹅肉。我也是人，我也有自尊的！”苏墨愤愤地说，拳头握得紧紧的。

“所以你怀恨在心，趁演出的时候一刀把她杀死，对不对？”小刘接过来，把话锋一转。

“我没有！我真的没杀她！我什么都不知道！”

“你还狡辩？那你脸上的伤是怎么来的？”

“我不知道，我醒来以后脸上就有伤了。”

“苏墨，我问你！”罗天不动声色地看着他，缓声道，“如果一个没有排练过的人演你们那台歌舞剧，比如就演你那个角色，能演吗？”

“当然不能，我演的虽然只是配角，可是没有经过排练的话，肯定会出错，因为每个人出场，包括表演都必须配合音乐，否则我们怎么会排了一个多月？”

“除了你们自己，还有其他人熟悉歌舞剧的剧情吗？”

“嗯，除了顾小楠，好像其他人都不熟悉。因为顾小楠是文艺部部长，歌舞剧是他编排的。”

“好了，你可以走了。”罗天点点头，说道。

“什么，罗队，你要放他走？他可是犯罪嫌疑人啊！”小刘跳了起来，嚷嚷道。

“证据不确凿，这个案子还有疑点，也许，他真的是被人陷害的。”

3 瞒天过海

待苏墨走后，罗天和小刘相视一笑，小刘说：“不行，罗队，为什么每次都是我演黑脸？”罗天乐了：“因为你长得黑呀！走，吃夜宵去。”

他们两个人穿上衣服出了警察局，外面冷得很，凛冽的风像刀子一样狠狠地往脸上割，街道上寥落凄冷，只有几盏昏暗如豆的路灯与寒夜无力地抗衡着。

小刘虽然知道这是罗天的欲擒故纵之计，但他始终不放心："罗队，你不会真怀疑苏墨是被人陷害的吧？他自己也说了，没有经过排练是演不了他那个角色的。据那些参加演出的同学说，当时并没有乱场，也就是说杀害范玲玲的那一幕是按剧情走的，不是苏墨还会是谁？"

"从表面上看，的确是这样。"

"从表面上看？难道还有隐情？"小刘有些不解了，"苏墨脸上的伤不是最好的证明吗？"

"你认为那是他杀范玲玲时被范玲玲抓伤的？"

"对呀。"

罗天摇摇头，道："不对，其实问题就在这里。我试过了，再怎么用力，也无法隔着面具把脸抓破的……如果苏墨是演出后自己抓伤的，那么我们在衣柜里看见他的时候，伤口上的血迹不会那么快干。换言之，如果他在演出前就把自己抓伤，那么戴上面具之后伤口会受到摩擦，就不会是我们看到的那样。还有，警方在后台可没有发现凶器及苏墨的那套演出服啊！"

小刘默默思索着罗天的话："有道理，可是谁能在舞台上那么从容地杀死范玲玲？其他演出的同学是不可能的，因为他们每个人都有自己的戏。"

罗天也陷入了困惑，他说："我现在也不敢妄下定论。对了，苏墨说只有顾小楠对这台歌舞剧熟悉，你调查清楚没有，演出的时候他真的一直在台下看节目？中途没有离开过？"

小刘摇了摇头:“不可能是顾小楠,他根本没有作案时间。我问过了,跟他坐在一起的男生叫周青,他说顾小楠中途的确离开过,出去接电话了,不过最多五分钟就回来了,而且出事以后,顾小楠是第一个从台下冲到舞台上的。”

罗天不再说话,眉头微锁,他的眼睛在夜色中极其明亮,像金属般闪闪发光。

凶手究竟是怎样做到瞒天过海的呢?

4　不像凶手的人

放走了苏墨,范玲玲的案子变得毫无头绪。起初罗天确实怀疑过顾小楠,可顾小楠没有作案时间,跟范玲玲又往日无冤、近日无仇的,没有杀人动机。除了苏墨,那些参加演出的同学跟范玲玲都没有深仇大恨。难道凶手真的是苏墨?他脸上的伤口该如何解释?凶器及舞蹈服装藏在哪里呢?到底是哪里被忽略了?

罗天困惑了,他准备再去案发现场看看。

这天下午,罗天跟小刘刚刚从警察局走出来不远,就在街边碰到一个小摊,摊边坐着一个六十多岁的老人,身后是他的金字招牌——东方神卦。罗天素来不信算命,正要走开,只见一个小女孩迎面跑来,冲着摊边的老人说:“爷爷,回家吃饭了。”

老人笑笑,抬眼看着罗天和小刘:“不急,不急,有人来算卦了。”

小刘犯起嘀咕:“哎,你怎么肯定我们就是来算卦的?”

老人答道:“我算出来的。”

小刘不屑地看了一眼他的招牌,挖苦道:“东方神卦?汉武帝那时候有个未卜先知的奇人东方朔,你不会也叫东方朔吧?”

“比起东方朔,在下是有过之而无不及。”

“得了,你就吹吧。”

老人笑而不语,微眯着眼,若有所思地打量着罗天和小刘:“如果我没有猜错,二位是警察吧?”

此话一出,罗天和小刘面面相觑,不禁有些诧异,今天他们没有穿制服,他是怎么知道的?老人又笑了,笑得高深莫测:“不要以为你们没穿制服我就看不出来,真真假假,一算便知。”

小刘当下就从兜里掏出20元钱放在他的摊位上:“既然你这么会算,那你再算算,我们接的这个案子破了没有?”

老人再次打量了他们,摇头道:“我看没有,这个案子不简单。记住了,看似不像凶手的人,往往就是凶手。话不言多,点到为止,我要回家吃饭了。”

说完,老人麻利地收拾摊子,牵着小孙女的手转身而去。小孙女睁着一双圆溜溜的大眼睛,仰着头,好奇地问:“爷爷,您怎么知道那两个叔叔是警察?真是您算出来的吗?”

老人哈哈一笑:“当然不是爷爷算出来的,警察局就在旁边嘛,我看到他们从里面走出来,他们的样子不像坏人,所以我就估计他们是警察了。”

“哦,那您怎么知道他们的案子没破呢?您知道凶手是谁吗?”

“傻孩子,爷爷怎么会知道凶手是谁?爷爷又不是神仙,我只是看他们心不在焉、愁眉不展,如果案子破了,他们怎么会烦恼呢?至于那句‘看似不像凶手的人,往往就是凶手’,电视里不都这么说吗?所以啊,算命是假,察言观色才是真的,明白了吧?”

小孙女似懂非懂地点点头,咯咯地笑了起来。

5 第二个受害者

罗天和小刘将案发现场前前后后又检查了一遍，并没发现任何可疑之处。罗天有些灰心了，刚准备离开，就接到医院打来的电话，说丁小敏被摩托车撞伤了，并且一口咬定撞她的人就是苏墨。罗天听完眉头便拧到了一块儿，怎么又是苏墨？他来不及多想，立刻跟小刘赶到医院。

丁小敏是江川大学中文系老师蒋东洲的老婆、电视台的新闻记者，生得如花似玉，长着一双勾魂眼。因为她是蒋东洲的第二任老婆，比蒋东洲小了十几岁，所以蒋东洲极其珍惜这段婚姻，对她言听计从，到最后竟发展成只要丁小敏一个眼神就能轻轻松松地操纵他、命令他，使他成了一个地地道道的“妻管严”。

丁小敏被撞得不轻，多处骨折，胳膊和大腿都缠上了绷带，她神情恐惧，脸色苍白如纸，说话也语无伦次，嘴皮子折腾了半天，罗天才听明白事情的起因。

半个月前是江川大学的五十周年校庆，因为江川大学是一所名牌大学，所以电视台想对这所大学进行一次专题采访。当采访到文艺部的时候，不料苏墨跟记者在言语上竟发生了冲突。苏墨是那种心眼小、特别自卑的人，他的性格反复无常，脾气也暴躁，三两句不合就跟记者吵了起来。结果丁小敏仗着自己是他们的师母，加上她也瞧不起苏墨，就当着众人的面狠狠地教训了苏墨一顿，没想到，苏墨却骂了她一句“狐狸精”，气得她当场打了苏墨一个耳光。那件事以后，丁小敏就老是心神不定，觉得有人偷偷跟踪她，直到今天下午被一辆飞驰而来的摩托车撞到，若不是她躲闪及时，只怕性命难保。

罗天慢条斯理地问:“你看清楚撞你的人就是苏墨?”

丁小敏连连点头:“对,肯定是他,虽然他戴着墨镜和帽子,裹得跟粽子似的,但我敢肯定是他……前几天他杀害范玲玲的时候脸上不是被抓伤了吗?他的脸上贴着创可贴,我看到了。他是想把我撞死的,我那天当众打了他,他一直记恨我,你们一定要把他抓起来,否则他要是知道我没死肯定还会再来的……”说着说着,她又语无伦次起来了。

虽然种种证据都指向苏墨,但罗天始终不相信苏墨就是凶手,他的感觉从来不会出错的。但现在由不得他不相信了,破案讲的是证据,不是感觉!他跟小刘对视一眼,转身出了病房。

走到医院门口,听到门口两个老太太正在聊天,话里充满着对世态炎凉的感慨。穿红色外套的老太太说:“现在好心人越来越少了,中午有个女孩子在我们那个小区门口等人,突然从后面冲出一个小伙子抢了她的皮包就跑。她喊了半天也没人理会,路边那么多人,全都在看热闹。”另一个老太太说:“哎,你别说,上个月在我家楼下,有个女孩子骑辆红色摩托车把一个老太太撞了,看那女孩子长得眉清目秀,头发长到下腰,一副学生模样,没想到撞了人就跑了,结果老太太还没送到医院就断气了……”

听到这里,罗天的心里突然涌出一种说不出来的难受,他深深吸了口气,大步走出去。走了几步,他突然停住脚步,转头问小刘:“你有没有觉得刚才那位老太太说的撞了人的女孩子像谁?”

“像谁?”小刘的眼睛忽然一亮,脱口道,“范玲玲!”没错,范玲玲就有一辆红色摩托车,更为明显的是,她的头发长到了下腰,整个江川大学的女生,就数她的头发最长了。

6 苏墨畏罪自杀？

罗天和小刘马上赶到苏墨的宿舍，却发现宿舍门紧闭着。正当他们一筹莫展的时候，苏墨的室友们晚自习回来了，他们有说有笑的，其中有一个就是演出当晚跟顾小楠坐在一起的周青。罗天上前问道："你们看见苏墨没有？"他们摇了摇头，周青说："大概在睡觉吧，他没有上晚自习，下午他出去了，回来后就一副心事重重的样子，谁也不理。范玲玲出事后，他就变得神经兮兮的。"

罗天心一紧，赶忙问："他下午出去过？什么时候回来的？"

周青一边开门一边说："六点多吧。其实我觉得范玲玲不是苏墨杀的，他连老鼠都怕，哪敢杀人啊！咦，这门怎么打不开了？苏墨，你在吗？"他用力地敲门，里面却不见丝毫反应。

罗天的心里"咯噔"一下，难道丁小敏真是被苏墨撞伤的？想到这里，他给小刘使了个眼色，小刘极有默契地点点头，一脚就朝门上踹去，没想到这个门竟好好儿的，纹丝不动。最后众人合力才把它踹开了。

门开了，周青打开灯，谁知……屋里的情景却让他们毛骨悚然、脊背发凉。

只见明亮的灯光下，一名男生被一捆雪白色的布条套住脖子，悬挂在半空，布条横七竖八地缠在房顶的吊扇上，地上还有一张被踢翻的椅子。上吊的那名男生不是别人，正是苏墨。

周青痛心疾首地说："他为什么自杀呢？他杀死范玲玲的证据不是不充分吗？"小刘接过话，说："可是他下午骑摩托车差点儿撞死了你们的师母丁小敏。"

"骑摩托车？你们没有搞错吧？苏墨根本就不会骑摩托车呀！"

罗天心头一震,他突然想起东方神卦的话:“不要以为你们没穿制服我就看不出来,真真假假,一算便知……看似不像凶手的人,往往就是凶手。”

他的脸上即刻浮现出一丝不易察觉的惊喜,喃声道:“原来是这样!”然后他转头看着周青,问道:“演出的那天晚上,顾小楠真的一直坐在你旁边吗?”

“是啊,就中途离开一下,最多也就五分钟。”

“你会不会记错?”

“当然不会,他是出去接电话的,他手机响的时候我还问他怎么换铃声了。”

“哦?”

周青以为罗天不信,接着说:“顾小楠的手机铃声从来不换的,两年来,一直是那首老掉牙的《上海滩》。但那天晚上他用的是《不要再来伤害我》,跟他宿舍的丁志勇用的一样,所以我记得特别清楚。”

“丁志勇?演出的时候,你看到丁志勇没有?”

周青想了想,说没注意,其他同学也摇摇头。

罗天接着问:“顾小楠是范玲玲演到被杀死之前还是被杀死之后出去接电话的?”

“好像是被杀死之后,我记得他使劲鼓掌,我们都以为是范玲玲演得好,没想到她真的被杀死了。”

罗天若有所思地点点头:“那就对了。”说完,他头也不回地走出宿舍。小刘正在打电话请局里派人过来整理、检查苏墨的死亡现场,见罗天出来,就追上前问道:“罗队,难不成苏墨不是畏罪自杀?”

“其实那个东方神卦已经暗示过我们谁才是真正的凶手了!”

“顾小楠？可他不是没有作案时间和杀人动机吗？喂，等等我，罗队！”

7 冤有头，债有主

当——

夜晚，钟声缓缓地敲响了十下。

医院的走廊里，死一般的沉寂，皎洁的月光透过暗灰色的玻璃窗折射到地板上，悄然泛起丝丝诡谲。有个白色的身影从走廊的拐角处闪了出来，脚步轻轻的。没多久，身影停在了一间病房门口。

淡淡的月光下，看得出这是一个男子，穿着白大褂，戴着口罩。他四下张望着，然后拧开把手，推门而入。他慢慢地走到病床旁边，冷冷地看着床上的人，目光中带着一种足以摄人魂魄的杀意。抬眼间，他从衣兜里掏出了一支针管，伸到床上病人的脖子处，对着颈部动脉的位置注射进去，同时另一只手紧紧捂住了对方的嘴巴。床上的人蓦地睁开眼睛，脸上的表情惊骇到极点，手脚并用地挣扎起来，额头上的青筋一一暴露出来，激烈地抽搐之后，很快便没了动静。

与此同时，一道刺眼的亮光毫不留情地射在了白衣男子的脸上，紧接着，病房里的灯“刷”的一声亮起来了。突如其来的状况使白衣男子一时间乱了方寸，针管“啪”地掉在地上。

率先冲进来的是罗天，他看了一眼床上的丁小敏，叹息道：“我们还是来晚了。”继而看着白衣男子，“顾小楠，这样做值得吗？”

白衣男子环顾四周，发现无路可逃，这才慢慢地摘下口罩：“我以为瞒过了所有人，没想到还是被你发现了。”他的声音依然沙哑，带着浓浓的鼻音，看来感冒还没好。

“你确实瞒过了我，否则我就不会来迟一步。”

“可是，你怎么知道是我？”

“从所有的表面证据来看，嫌疑人确实是苏墨，而你没有作案时间，因为事发的时候，他们都看见你坐在台下。周青说你中途离开五分钟，谁都知道五分钟时间不可能混到舞台上杀人，那么你是怎样做到的呢？很简单，因为当时坐在周青旁边的根本不是你，而是丁志勇，你非常聪明，可你把手机铃声的不同忽略了。当天下午，你让歌舞剧多排练几遍，一直排到吃晚饭，你趁他们都去吃饭时悄悄返回来，因为你知道苏墨比较笨，他一定会留下来偷偷练习，于是你就将苏墨弄晕，再把他的脸抓破，藏进衣柜，是这样吗？”

顾小楠不再答话，只是定定地看着罗天。

“我找过丁志勇，演出当晚他的一个网友来了，但他不愿去约会，却不知如何拒绝，你主动提出来替他赴约，但是让他穿着你的衣服、戴着你的口罩坐在台下，正因为你患重感冒戴了口罩，所以大家都以为台下的人是你……其实你根本没去赴约，而是让另一个朋友去的。杀害范玲玲以后你就给丁志勇打电话，再后来返回周青旁边的就是你本人了。你知道上次校庆时苏墨跟丁小敏争吵过，所以你下午就伪装成苏墨骑车撞伤丁小敏，让她以为是苏墨报复，随后你趁晚自习的时候，将苏墨勒死挂在吊扇上面，从窗口逃走，假装成苏墨畏罪自杀的情形。”

“罗队长，你说的句句在理，可是我的杀人动机呢？”

“杀人动机？呵，我最初也想不到你的杀人动机，直到在医院门口听到两位老太太的闲聊，我才找到了你的杀人动机……顾小楠，如果你妈妈还活着，她一定不愿意看到你现在这样。”

听到这里，顾小楠整个人都崩溃了，眼泪霎时奔出了眼眶，他歇斯底里地吼叫着:“如果不是她们,我妈妈怎么会死?”吼完这一句,顾小楠的眼泪更加汹涌了,如断了线的珠子“吧嗒吧嗒”地往下掉,“我从小就在孤儿院长大,孤儿院每年都有义务活动,就是到敬老院做做好事,陪陪那些老人。就在那里我认识了现在的妈妈,她对我很好,把我当亲生儿子般看待。妈妈很可怜,老伴去世得早,原先指望儿子能为她养老送终,谁知儿子听信媳妇的谗言逼她交出老伴留下来的钱,她一气之下就住到了敬老院。一年后,儿子离婚了,又娶了个老婆,没想到这个老婆比以前那个更加尖酸刻薄,妈妈伤心极了,再也没有回去过,用老伴留下来的钱供我念大学,我曾经发誓将来一定要赚很多很多钱孝敬她老人家。哪知道……上个月,妈妈的儿子过生日,妈妈前去看他,虽然妈妈怨恨儿子不孝顺,可毕竟那是她的亲生儿子,结果儿媳妇对她百般刁难,还把她赶出家门,出来以后妈妈就被摩托车撞了……”

说到这里,他抹了一把眼泪,指着床上的丁小敏,激动地说:“如果不是这个女人把妈妈赶出门,妈妈怎么会被车撞到?如果范玲玲立刻把妈妈送到医院,妈妈怎么会死?像她们这种人我不该杀吗?罗队长,你问我这样做值不值得,那我问你,还有你们每一个人,谁没有妈妈?对,我是杀人凶手,可是跟我相比,她们才是真正的魔鬼!如果有上帝,在上帝的黑名单上,被打入十八层地狱的,肯定是她们,不是我……”

冤有头,债有主,善恶到头终有报!正当所有人或屏住呼吸、或低头思索时,顾小楠凄然一笑,喃声道:“妈,您曾经教我,得饶人处且饶人,我不后悔我所做的一切,您等我,儿子来陪您了,让我们来生再做一对母子吧!”话音未落,他推开旁边的窗户,纵身跃了下去。

“顾小楠——”罗天扑过去时,已经晚矣,顾小楠早已直直坠了下去。

8 妈，想您了！

深夜十二点，案子总算告一段落了，小刘刚走出警察局门口就拦了一辆出租车钻了进去。尾随其后的罗天疑惑着：“小刘，你去哪？”小刘笑着：“回家看我妈。”

罗天张大嘴巴：“这么晚……”

小刘打断他的话：“没事，不管多晚回去，老妈都很高兴的。”

“呵，替我向伯母问好。”罗天微微笑道，看着出租车转眼间消失在黑夜的尽头，他从兜里掏出手机，拨通一个号码，说：“妈，您睡了吧？没事，就是想您了……”

水　煮　鱼

沈阳唐伯虎

1

“三斤六两半，可以吗？”胖胖的老板娘拎着一个小铁皮桶，桶里装着小半桶清水，正笑眯眯地为食客展示一条活蹦乱跳的鲈鱼。刚下午五点钟，餐馆里却已高朋满座，人声嘈杂，热闹非凡。

罗非坐在最靠门口的位置，一面用手机发短信，一面伸头象征性地朝铁皮桶里瞧了瞧，点点头说：“行，做吧！”

这是一家川菜馆，名叫“快回头活鱼馆”，离罗非家很近，从他卧室的窗户就能看到门脸儿。店名起得很霸道，意思也很明显，是说吃了之后用不了多久就得再来，形容其味道独特，令人难忘。

牛皮不是吹出来的，罗非是这家川菜馆的常客，经常和另外三个同样单身的死党前来光顾，该餐馆的头牌菜就是水煮鱼。按说川菜馆遍地都是，家家都有水煮鱼，味道也差不多，而这家却不一样，水煮鱼味道极好，来的基本都是回头客，而且油可以打包带走，说明不是口水油，自然生意兴隆。开店半年多，附近的几家正宗川菜馆已经被挤得生意惨淡，令人称奇的是，店主老板娘并不是四川人。

罗非老家是乡下的，自己在城里租了个单间居住，他在一家大型超市的水果组工作。虽然工资不算高，但他爱看推理悬疑小说，业余时间给几个杂志写些文章，每月都能混些稿费，对单身汉来说，绝对算得上小康了。

这个月他成功加薪，为了庆祝，他今天下午又带着三个好朋友来吃水煮鱼。四人扯了一会儿皮，转眼间水煮鱼已经做好端上来了，满满一大盆浮着朝天椒的红油，里面满是白嫩的鱼肉和配菜，水煮鱼那特有的香辣气味扑鼻而来，令人直流口水。老板娘又上了几样小菜，笑着说："慢慢吃啊，今天早上从鱼塘刚进的鱼，特别新鲜！"

没等她把话说完，四人早就抄起筷子和漏勺开吃了。香滑白嫩的鱼肉调味恰当，咸淡正好，配菜中有木耳、豆芽和金针菇，真是令人食欲大增。罗非用小勺舀了些红油拌在米饭里大口吃着，对面的死党郑小林喝了口啤酒，说："罗非，这家的水煮鱼怎么这么好吃？我每隔几天就想来吃一次，你说这鱼汤里会不会加了大麻？"

"狗屁大麻，还海洛因呢！"旁边的好友敲了他脑壳一下，"味道好也不对？这叫特色，肯定是用了什么祖传秘方，我看你小子纯粹是心理阴暗。"

罗非从大盆里捞出一块鱼肉，边吃边笑，心想现代人心理太脆弱了，对什么都疑神疑鬼。他把筷子探到盆底，想捞些豆芽来吃，却触到一个坚硬的东西，感觉像是金属而不是花椒粒之类。用筷子夹出来放到桌上，竟然是一枚耳钉！

罗非很生气，这家的厨师也太不小心了，居然能把耳钉掉到盆里，要是硌了牙怎么办？他刚要发作，却发觉这枚耳钉有些眼熟，样式特别，是朵莲花的图案，花瓣中央还嵌着一颗金灿灿的金珠。

郑小林等三人都在碰杯大喝，没人注意到罗非夹出来的这枚耳钉。罗非用筷子碰了碰耳钉，不由得想起两年前远房表哥郑同从泰国旅游回来时，就戴了这么一枚同样的耳钉，当时表哥在深圳不知做什么生意，赚了很多钱，经常出国旅游。他还跟罗非炫耀过这枚耳钉，说是正宗的泰国“曼谷银”牌子，该品牌的银饰品每款只做一枚。

当时罗非还仔细看了金珠上刻的梵文，表哥说这款耳钉叫“梵天宝莲”，每款中央的梵文都不同，表哥那枚刻的是一条弯曲如蛇的文字，据说在梵文中有威武之意。

2

桌上这枚耳钉中间的金珠上虽然沾了些红油，但没有油的部分仍然发出柔和的金光，而且很有分量，怎么看也不像仿冒品。罗非想去找老板娘，如果真是厨师掉的，那这枚耳钉足以免掉今天的饭钱。他站起来，心念一动，没有直接去找老板娘，而是借上厕所的机会假装走错路，溜到了后面的厨房。

厨房里热火朝天，炉眼里的火苗呼呼地响着，炒菜的大厨、切菜的二厨、拌菜的师傅各自忙活着。罗非看到那杀鱼的是个四十多岁的胖厨师，正熟练地把一条活鱼剖开去骨，斩成小块。

后厨里的所有厨师都戴着高高的白色厨师帽，把耳朵挡得很严，别说掉耳钉，连耳朵都看不到。罗非心中一动，悄悄拐到卫生间洗了个手，再折回来坐下，把耳钉用纸巾包起来放进烟盒里。

回家后，罗非迫不及待地把耳钉冲洗干净，露出洁白的银色和灿烂的金色，放在手心里沉甸甸的很有质感。罗非把耳钉放在窗前的书桌上对着台灯仔细观看，这耳钉做工精细，金珠上赫然刻着一个弯曲如蛇的梵文。

罗非一惊，心里顿时七上八下，看看时间还不到七点，窗外对面就是商业街，现在还是灯火通明，他忽然想起这条街上就有一家很大的金银饰品专卖店，于是把耳钉收进口袋，下楼直奔商业街。

进了专卖店，空调的凉气一扫夏日的炎热，罗非逛了一圈，果然看到有着“曼谷银”三个大字的专柜。刚走到柜台前，漂亮的营业小姐已经开始搭话，罗非掏出耳钉，说是朋友送的，不知是真是假，想再配个同样的送给女友。

营业员接过后用放大镜看了看，笑着说：“先生，这枚‘梵天宝莲’耳钉是真正的曼谷银，材质是925纯银镶千足实心真金。曼谷银品牌每款只有一枚，全世界找不出第二个。但幸运的是，这款耳钉外形都相同，只是金珠上刻的梵文不一样，外表是看不出来的，我们这里碰巧也有几枚，打折后每枚售价两千六百元，您是交现金还是刷卡？”

售价还真黑。罗非看了看这几枚耳钉，果然每颗金珠上的梵文都不重复，他推说今天没带钱，找了个借口走出专卖店。

夏夜的微风吹起来很爽，但罗非却并没觉得舒服，刚才营业员的话令他惴惴不安。如果像她所说，这耳钉全世界只有一枚，那就只能是表哥的，可表哥的耳钉怎么会跑到水煮鱼盆里？

晚上，罗非翻来覆去怎么也睡不着，爬起来给家里打了个电话。罗非的家在农村，爸妈喜欢打麻将，也睡得晚。

“爸，还打麻将呢？赢了输了……又输了两百？对了，我在平和县的那个远房表哥郑同，最近有啥消息没？也没什么事，好几年没见面，忽然想起来了……什么，表舅说他几年都没回过家？怎么可能呢，难道还丢了不成？"

3

一连几天罗非脑子里装的都是这件事，甚至影响到了工作，本应给顾客用双层纸袋，他给用的单层，结果袋里的榴莲掉出来砸伤了一名妇女的脚，他还因此赔了两百块钱。但罗非并不在意，他在考虑表哥郑同的事，那枚耳钉的来源就像扎在心头上的针，不拔出来怎么也不舒服。

本来应该单休的他向组长请了两天假，这天是周一，他大清早就登上长途汽车，从城里向平和县驶去。

平和县是个典型的贫困县，距离罗非的家乡安定县有三百多公里，但比安定县穷得多。表哥郑同的家在县东郊华东村，虽然名字和华西村很像，但却天差地别，全村只有村主任和他小舅子家有电话。

罗非最后一次来这里是四年前，那时表哥郑同还没去深圳做生意，他的亲妹妹郑丽，也就是罗非的表妹定亲，罗非代表爸妈去送礼。那表妹的未婚夫家里穷得要死，连一千块钱的彩礼都凑不齐，后来全家都去县上卖血才勉强凑够了数。那件事给罗非印象很深，当然是以前的事了，现在不知好些没有。

临近中午时才到县里，下了车罗非又叫了辆人力三轮车，从县到乡，再由乡到村，好容易颠簸到地方，罗非有点儿失望，因为看上去华东村似乎还是那么穷，四年间没有任何变化，破旧的村路上偶尔有几只鸡慢慢散步而过。但也有好处，至少罗非不会迷路。

在村口下了三轮车，昨晚刚下完雨，罗非走在泥泞的土路上，一双皮鞋成了“泥鞋”。好容易到了表哥家房前，仍然是两间破旧的土砖房，院子里空荡荡的，只有几只无精打采的鸡正在打盹。

罗非很奇怪，心想表哥两年前去深圳做大生意，赚了不少钱，怎么也不想着翻新一下房子？至少也得给家里买几头猪吧！

进了院子，房门大开，罗非直接走进里屋，屋里有点儿暗，还有一股说不出的霉味。两位老人正坐在木板床边对着墙发愣，竟没发现有人进来，屋内摆设简单，似乎比四年前更穷更破了。

“大舅、舅妈，是我啊！”罗非手里拎着两袋水果，打了声招呼。

两位老人转头一看，见是远房外甥来了，连忙站起来：“原来是小非来了，咋也不打个电话呢？”

罗非心想：我倒是想打来着，可你们家有电话吗？

大舅妈用搪瓷缸给罗非倒了杯开水，顺便接过他手里的两袋水果。大舅递给他一根手卷的老旱烟，罗非连忙推辞。这种烟死冲，四年前表妹和邻村的王大壮定亲时，他只吸了两口就呛得直流眼泪。罗非掏出自己的云烟，抽出两根来，把其中一根递给大舅，剩下的烟也扔在床上的烟筐里。

“小非，你爹妈身体都还行吗？”大舅客套道，眼中明显带着一丝疑惑，他们是很远的远房亲戚，平时没大事很少走动。

4

罗非连忙说：“我爸妈都挺好的。你们身体也不错吧？郑丽经常回家吗？”

大舅妈接道：“还行，两个月回来一次，就是日子过得穷点儿，没别的毛病。”

“哦，那就好，”罗非开始切入正题，“这两天我休假，想过来看看表哥，一晃两年没见他了。那时他说让我帮他弄几本外国杂志，反正我休假也没事，就送过来了，顺便看看大舅和舅妈。”说着，罗非从挎包里掏出几本国外的汽车杂志放在桌上。

这当然是托词，两年前郑同从泰国回来的时候，在罗非的出租房看到一本印刷精美的外国汽车杂志，就顺口夸了几句，说有机会给他也弄几本。

“哦……”大舅连头都没抬，脸色很不好看。

罗非又问：“表哥还在深圳做生意吗？他可真是大忙人，两年来连电话也不给我打一个。”

两人仍然沉默着，大舅妈还转过脸去，用毛巾擦着什么。罗非感到有些不对劲儿，却又不敢问。这时大舅狠狠地把烟蒂按在烟缸里，又用力把烟缸一推，说：“别再提那个丢人现眼的东西，我们早当他死了！哼！”说完，大舅把脸转过去，再也不说话了。

罗非很是吃惊，不知发生了什么，舅妈用眼神示意他出去说。到了院子里，舅妈含着泪告诉罗非事情的经过。

三年前，郑同在省城打工时认识了一个朋友，此人出手阔绰，平时又不上班，这让郑同很是羡慕。这人介绍郑同到深圳去发展，郑同欣然答应。到了深圳才知道，原来这家伙做的是倒卖麻古丸的生意，他们从香港每次走私几百粒麻古丸进来，再卖到深圳或珠海的迪吧、酒吧、KTV 等处，每粒能赚几百块，当然财源广进。

一开始郑同不敢干，顶多也就是帮别人往迪吧或 KTV 送几粒货，赚几百块跑腿钱而已。渐渐地，他看到很多人都在干，而且根本不怕，慢慢他也胆大了，从几粒到几十粒甚至上百粒，后来发展到直接去香港进货，再雇人送货。钱越赚越多，郑同也越是大手大脚起来了，以前买件衣服顶多上百块，现在低于五千的根本不考虑，手上戴劳力士金表，女朋友走马灯似的换。

常在河边走，没有不湿鞋。慢慢地，郑同也开始服用麻古丸和K粉（氯胺酮），染上了毒瘾，幸好他钱赚得多，倒也能自给自足，只是经常神志不清。

就在十个月前，郑同在和几个狐朋狗友聚会时吸食了过量的毒品，口吐白沫，朋友无奈只好把他送进医院，因此东窗事发，被公安局带走，强制送进戒毒所里戒毒。

郑同的爸妈都是农村人，虽然穷但志不短，对这种犯法的事非常痛恨，当时就宣布和儿子断绝一切关系，再不来往。妹妹郑丽心疼哥哥，每隔一个月都会到戒毒所偷偷买些东西看望哥哥，但妹妹也不富裕，再加上丈夫极力反对，因此她已有近半年没去探望过。

5

听了舅妈的讲述，罗非惊得张大了嘴巴，不由得欷歔不已。罗非辞别了大舅，又搭村里的马车到邻村去找表妹郑丽。

郑丽的家并不比大舅家富裕多少，她丈夫叫王大壮，可身体却一点儿也不壮，支气管炎一变天就犯病，下地干活也费劲。郑丽听说罗非要去探望她哥，不由得流下眼泪："我有半年没看见他了，也不知道他现在咋样儿。我把地址告诉你，你再帮我带两百块钱给他吧，这是我攒了半年的钱，没机会给我哥，我丈夫那人脾气大，要是知道我偷偷送钱给我哥，又该打我了。我可怜的哥哥……"

罗非连忙说钱你不用出，我已经准备好了。他要了戒毒所的地址，又硬塞给郑丽两百块钱，就动身搭车回城了。

戒毒所在西郊，离城里不算远。次日一早，罗非又早早爬起来，坐公交车到郊区去探望表哥。到了戒毒所大门口，这里戒备森严，丝毫不比监狱差。

罗非来到接待室，报上被探视人的名字。工作人员问："你是郑同的什么人？"

"我是他表弟，这是我的身份证。"

工作人员接过身份证，在电脑上输入信息，进公安网查询过之后，往里面打了个内线电话。放下电话后，回头对罗非说："郑同是重症毒瘾患者，现在很危险，不能接受探视，你还是回去吧。"

罗非感到很意外，昨晚他特地上网查询了国家对戒毒所的探视规定，上面说：到戒毒所探视戒毒人员是亲属应有的权利，即使吸毒者情况不好，也可以在门外隔着玻璃探视。他对工作人员说："你们要是不让我探视，我就只好给表哥的直系亲属打电话了，到时候被他家人投诉，可不关我的事。"

那工作人员神色大变，又打了个内线电话，也不说话，只是"嗯嗯"地答应着什么。罗非疑惑不解，只是个简单探视，有必要搞得这么紧张吗？

工作人员放下电话后，对罗非说："你可以进去了。"罗非松了口气，跟着另一名工作人员走进大门。

里面是个宽敞的大院，四幢楼矗立其中，左面的楼体上贴着红色大字：毒品是地狱，坠落难生还。罗非跟着工作人员进入中间的楼内，上二楼后来到贴有"会议室"的房间。里面有个长条木桌，一名接待人员已经在等候罗非。

罗非坐下后,这名接待人员说:“你的亲属郑同于十个月前来我所戒毒,本来是有可能改造过来的。可有一次他妹妹竟然偷偷在香烟里掺了毒品送给他,导致他再次吸毒,毒症发作,没能抢救过来,已经于十天前死了。他的父母和妹妹家里都很穷,没有电话,也联系不到,现在是夏季,尸体无法长时间保存,已经送到殡仪馆火化了,你今天来得正好,顺便把死者的骨灰领回去。至于火化的费用,考虑到他家的经济条件很困难,国家就不向你们收了。”

这番话犹如晴天霹雳,把罗非惊得如木雕泥塑,呆呆地说不出话来。接待人员又打电话叫人把郑同生前的遗物装在硬纸箱里,连同骨灰一块儿让罗非带回去。

6

罗非不知道自己是怎么走出戒毒所的,到家后,他把表哥的遗物一样一样翻出来,都是些衣物之类的东西,没一样值钱的。他双手抱着头,泪水无声无息地流着,不知道该做些什么。这个表哥虽然和自己没有太深的感情,但为人还不错,头两年罗非有病,表哥还给过他两千块钱补身体。

他抬起头,来到书桌前坐下,再一次拿起那枚耳钉仔细看着。可以肯定的是,这枚耳钉必是表哥所戴的那枚无疑,但如果表哥已经被火化,那这枚耳钉又怎么会跑到水煮鱼的盆里?罗非的胃有些不舒服,疑团像泡发了的木耳越来越大。

入夜,睡梦中的罗非恍恍惚惚,看到表哥郑同手里捏着那枚耳钉,流着泪向罗非走过来,右手前伸,似乎要把耳钉交给他。罗非从梦中猛然惊醒,出了一身冷汗,他坐在床上呼呼喘气,好半天才稳定了心神。

“快回头活鱼馆”有个后门，直接和厨房连通，以方便送货、倒垃圾和运送泔水。罗非知道一般饭店送食材的车大多是在凌晨送货，于是他这天早上不到四点就醒了，穿了一身运动装，悄悄来到鱼馆后门所在的那条街上蹲守。果然，四点刚过，就有一辆“解放牌”小货车缓缓开来，此时天还没亮，从货车上下来两个人，把车上装的活鱼一筐筐搬出来，饭店里的小工再挨个儿搬进去。

罗非趁着这空当，在街口叫了辆出租车，对司机说先开到路口，待会儿看到有小货车开出来，就跟上去。

五分钟后，“解放牌”小货车开出来了，司机轻点油门慢慢跟着。小货车从南面驶出市区，一直开到南郊。这里全是水田和鱼塘，罗非心想，不知道是哪家鱼塘给饭店供的货。正在想着，那货车却穿过水田区域，继续向南开去。

出租车司机有一搭无一搭地说：“那小货车是你朋友的吗？这是要去哪儿啊？再往南就是林场了。”

罗非也很奇怪，又过了二十分钟，小货车开进树林，林中仅有一条小路，货车放慢速度，顺着小路行进，罗非怕被发现，连忙告诉司机慢点儿开。大约十分钟后，前面出现一条岔路，小货车向左拐去，罗非远远看到左面那条路的前方有一片房屋，同时前面的货车有人探出头来向后张望，似乎发现了什么。

罗非连忙告诉司机拐向右边的岔路，果然，小货车里的人放松了警惕，继续向前开去。罗非让司机停车，付过钱后横向穿过一片小树林，然后再向右拐，顺着左面那条岔路朝前跑去。

这里有个很大的院子，越过两米多高的院墙，依稀可见里面有两大排水泥平房，那辆小货车就停在院门外，大铁门紧闭，一条像小毛驴似的黑色狼狗被粗绳拴着,正趴在大门口睡觉。

7

四下静悄悄的,罗非怕被狗发现,远远绕过前院来到后面。这里也有个后门,铁门紧闭,但并没有狗,这使得罗非可以贴着墙根,慢慢溜到铁门附近偷看。里面一排房屋把后院隔成两半,一股鱼腥味从里面飘出,同时还有哗哗的水声,看来应该也是个鱼塘。

罗非心中疑惑,一个鱼塘为什么建在树林里?还用狼狗守门?这时有两个男人穿着黑色防水裙从屋里走出来,边走边聊。

“下批货后天能到吗?都快半个月没开小灶了。”

“没事,昨晚我打过电话了,老钱说后天肯定到,只是没多少,凑合用吧。”

两人说着走进了东北角的厕所,罗非怕夜长梦多,连忙溜出来,离开鱼塘跑进小树林。这附近出租车很少,他走了足有一个多小时,才在水田区域找到返城的出租车,累得两腿直打晃。

这次跟踪之行让罗非的疑惑不消反增,从头到尾顺了一遍线索,他觉得应该查一下那个戒毒所。

今天起得太早,又过度劳累,罗非白天在工作岗位上差点儿睡着。晚上回家后还没吃饭,他就迫不及待地打开电脑,先在网络上搜索该戒毒所的资料。在××网的某个采访专栏里,罗非看到以下内容:

江城市××戒毒所工作成绩斐然,钱副所长畅谈戒毒工作经验。新闻下面还配有照片。罗非心中猛地一震,这家戒毒所果然有个姓钱的领导,难道这仅仅是巧合?

夏季的深夜还是有些凉意的,罗非点了第四根烟,头靠在车窗框上，眼睛紧盯着戒毒所方向。

这辆奥拓是他向超市水果组组长借的，说好先借用十天，每天五十块钱磨损费。组长是个贪财的已婚男人，立刻就答应了，但条件是还车时必须洗干净，还得加满油。

今晚是罗非连续第四晚在戒毒所附近的路边盯梢，他心中有很多疑问，急需找出答案。戒毒所地处郊区，好在后面大门附近有两条岔路，可以很方便地把车停在路边而不被怀疑。从午夜十二点开始一直盯到东面天空开始露出鱼肚白，罗非知道很多见不得人的事是不会在天亮时干的，于是才开车直接上班。

本来这种盯梢是极其辛苦的，几乎等于一夜未睡，但第二天罗非就发现，戒毒所后门的大铁门每次开启时都会发出“咣当咣当”的响声，足以把他从梦中惊醒，这样罗非就可以摇下车窗，把头探出窗外打盹儿。

咣当——咣！

罗非醒了，抬头见到戒毒所后门被打开，一辆白色改装面包车驶出后门，向西面驶去。抬腕看看表，凌晨三点整，罗非立刻清醒了，因为在以往这个时候戒毒所的后门从未开启过，这么早，这辆车是干什么的呢？

等后门半闭，罗非悄悄启动引擎，从路口西侧兜了个圈子，他已经查了这附近的地形，西面路口和东面是相通的，形成一个口袋状。他加快车速，果然在视野中看到那辆白色改装面包车刚刚从眼前经过。

8

罗非在后面不远不近地跟着，心中惴惴不安，他希望看到一个事实，却又不想看到，心情既矛盾又紧张。

面包车从环城路一直向南行，后来又上了立交桥拐向东面，最后来到南郊的水田区。罗非的心跳得越来越快，握方向盘的手心也沁出了汗。面包车没有穿过水田，而是由林间小路绕了个大圈子向南行驶，朝林场方向开去。又到了那个岔路口，白色面包车轻车熟路地拐向左边，直朝林中的鱼塘而去。

罗非照例没敢紧跟，还像上次那样拐到右路开了一段，然后把车停在路边，横穿树林向鱼塘摸去。

绕个大圈来到鱼塘后面，远远见到白色面包车停在后门处，铁门打开，面包车进了院。罗非很紧张，也很害怕，他不知道前面会有什么未知的危险等着他，但一想起不明不白死去的表哥，和表哥曾给过他的那两千块钱，就又来了胆量，猫着腰来到墙根处，悄悄向后院的铁门溜去。

铁门并没有关，罗非把身体紧贴在墙上，侧脸向内看去。天色正黑，鱼塘里仅亮着一盏二十瓦的小白炽灯，借着昏暗的灯光，只见七八个强壮男子正从敞开的面包车后厢往下抬什么东西，两人一组抬着，拐到平房内侧的中院去了。

人都去了中院，后院空无一人。罗非的心怦怦跳到嗓子眼，他左右看看没人注意，便迈步进了后院，用最快的速度来到白色面包车旁，从车里飘出一股强烈的消毒水味，他穿过后院，贴着屋墙往前走，见中院有几个很大的鱼塘，那些强壮男子每两个人一组，抬着白花花的长条东西正朝最里面的鱼塘走去。

这院子有足球场大，那些人都聚在最里面的鱼塘处说着什么。罗非什么也听不清，急得他四下寻找突破口，见这排房子每三间中央都有空隙，于是他又绕到房后，从堆满杂物的空隙中跳进来，猫着腰靠近里面的那个鱼塘。

“货怎么越来越少了？害得这些宝贝鱼都没小灶吃了！”罗非听到站在鱼塘边的一个中年男人吸着烟笑道。

一个壮汉边抬边喘着气说:“你以为我们有钱不赚？总得找到合适的人吧！”

先前那人又问:“都处理干净了吗？”

“废话！什么时候让你们动过手？快点儿把钱准备好吧。五个五万,下回就给你涨价！”壮汉骂道。

那人哈哈大笑:“得了吧,每次都说涨价,吓唬谁呢？这晦气东西不给我,你们还能赚到钱？送去火葬场还得倒贴钱不是？”

沉沉夜幕中,罗非看清楚了,那壮汉抬的东西不是别的,竟是一个个脱得精光的尸体！两人依照中年男人的指挥抬到鱼塘边,左右悠了几下,将一具尸体高高抛进鱼塘里。

“扑通！”尸体冒着气泡沉向塘底,不到半分钟,就听塘里“哗哗啦”一阵大乱,白色的水花四处激荡,无数条鱼在塘里上下翻飞,好像有一只巨大的手在水底搅动似的。

不多时,空气中弥漫开一股浓烈的血腥味,那中年男人戴上蓝色的医用口罩,笑着说:“快吃吧,这小灶可不是天天能吃到的！”

⑨

罗非猛然间全明白了:这些人竟然从戒毒所高价买下吸毒者的尸体,然后喂给鱼吃,这些鱼吃了体内含有大麻毒素的尸体后就会上瘾,同时鱼体内也带了毒素,怪不得这种鱼的味道特殊,吃了还想吃,几天不吃都不行！

一想起在“快回头活鱼馆”吃了那么多带毒的水煮鱼,罗非猛觉得嗓子眼一阵发紧,胃里不停翻腾。他强忍着不吐,但强烈的呕吐感还是没忍住,“噗!”刚才在车上吃的饼干全吐了出来。

“谁? 什么东西?”那中年男人听到有异响,警觉地大声喝问。

罗非傻了,连忙转身就跑。几个壮汉跑过来一看,大叫:“有人在这儿,快过来!”

所有人都扔下手中的活,从三个方向朝罗非狂追过来。罗非吓得魂都飞了,他很清楚,如果自己被这帮家伙抓住,其结果必然是被扔到鱼塘里喂鱼。他疯了似的从杂物堆里跳出,刚跑出夹空儿,迎面就来了两个壮汉,其中一个叫道:“哪里来的小子? 给我站住!”

罗非当然没那么傻,向后院飞跑而去,对面又有一人拦住去路,罗非见墙边堆着一盘收鱼网用的铁链,就想也没想,冲过去抓起铁链猛抡起来。

前后两个壮汉刚冲上来,就被铁链打了几下,前面那人耳根都被抽青了,捂着耳朵蹲在地上大声惨叫。越来越多的人追上来,罗非知道硬拼肯定行不通,于是拖着铁链向白色面包车跑去。到了车前,他拉开前车门蹿进副驾驶室,司机正在车上用手机看黄色小说,一见有陌生人突然闯进来,连忙问:“你是谁?”

罗非也不答话,飞起左脚就踢,那司机挨了一脚,脑袋重重磕在车门上,这人很强硬,冲上来紧紧掐住罗非的脖子,直掐得罗非脸色发紫,喘不过气。

耳边追逐的声音越来越近,罗非双手怎么也掰不开那司机强壮的手,眼角扫到仪表盘上有个烟灰缸,他伸手摸到烟灰缸,握住猛击司机头部。烟灰缸是水晶玻璃的,司机被打得闷哼一声,身体软软摔出驾驶室。

罗非来不及关车门，幸好引擎还未熄火，他挂上倒挡猛踩油门，面包车飞快地向后倒去。

“抓住他，别让他跑了！”纷乱的叫声响起，有人跑向后门去关大铁门，罗非猛打方向盘，面包车在后院甩了个大弯，车头向前朝大铁门猛冲过去。那关门的是个老头，看到面包车向自己开来，吓得连忙跑开，“咣当”一声，左边那扇铁门被直接撞飞。罗非驾驶面包车开上小路，油门踩到底，用最高速度飞驰而去。

后面有两辆车相继追出来，其中一辆还是宝马，两车疯狂追赶罗非的面包车。罗非满脸是汗，肾上腺素快速分泌，面包车像上足弦似的狂奔，最高时速达到了一百一十公里。可面包车毕竟跑不过宝马，刚过水田区域不到十分钟，宝马车已经距离不到百米了，罗非心急如焚，刚拐上大道，看到路边停着一辆巡逻的警车，他来不及犹豫，一转方向盘直奔警车而去。

“砰！”警车被撞得冲出十几米远，幸好只撞在车屁股上。里面钻出两名警察，还没等张嘴问，罗非跳下面包车跑到警察面前，上气不接下气地说：“快……快救我……”

后面的宝马见势不妙，连忙调头跑了。

面包车后厢里还放着一具冻得发青的裸体男尸，两名警察见状脸都白了，立刻用电台通知分局出警。

结局还算令人满意，戒毒所被曝光，勒令关停整顿；黑心鱼塘被查封，所有人员无一漏网；就连那个生意兴隆的“快回头活鱼馆”也关门了，听说那黑鱼塘的老板是戒毒所钱副所长的小舅子。也难怪，如果不是亲戚，谁敢放心大胆地去干这勾当？

尾　声

罗非坐在书桌前，看着手中这枚“梵天宝莲”的曼谷银耳钉，心情很复杂。要不要把真相告诉表哥的家人？如果大舅得知儿子的尸体喂了鱼，而且又被远房外甥吃进肚，会不会气得用鞋底抽自己？

正在罗非心情纠结时，听到窗外两个人正在边走边聊。

“喂，那家新开的川菜馆水煮鱼真那么好吃吗？”

“和你说过好几遍了，我几天不吃就想。去吃一次不就知道了！快走吧，今天我请客！”

罗非连忙站起来，见两个年轻小伙并肩而行，有说有笑地向商业街走去……

凶案现场直播

公输然

1

陆城笔直地躺在沙发上，屁股都快滑到地板上了，胸口有一摊刺眼的红色污渍，右手无力地握着电视遥控器，一动不动，看起来就像一个死人。

电视里正在播放无聊的本地午间新闻，他不爱看，但也懒得更换频道。

陆城什么都不缺，有一份稳定的好工作，父母还给他留下一套价值三百多万元的房产和一百五十多万元的存款，在这座大都市，这不算多，但也可以保障他过上富足的生活。正因为如此，他似乎也不需要再去追求什么，他的生活波澜不惊，在每个工作日准时上班、下班，每天走着同样的路线，几年来，他已知道每一处行经地点的台阶数。刚毕业时，他也曾想过要去改变什么，却没有勇气去做，现在他什么都不想改变了，也害怕改变，甚至将相恋多年的女友吴凌凌改变成妻子的心思都没有了。他不爱她吗？当然不是，他只是安于现状。因此，年龄渐渐大起来的女友也日益疏远他，不过他懒得去挽回。

这时，电视里开始插播一条刚刚得到的新闻，画面切换到一起凶杀案现场，屏幕右上方打着“现场直播”字样，凶杀案还能直播？这终于激起了陆城一丝好奇心。他坐直身子，看见一名高大男子背对着镜头正一刀接着一刀往另一名男子胸口捅，鲜血飞溅，几乎溅到镜头上。就像在演戏，太刺激了！陆城忍不住发出兴奋的怪叫。现场不时传出惊呼声，镜头晃动得非常厉害，想必是摄影师正扛着它边跑边拍。这名摄影师真是幸运，竟然能碰巧赶上凶杀案，电视台收视率将要直线上升了。

播音员正在急促解说：“刚才我台两名摄制人员行经雨花路时，遭到一名持刀男子追杀……”

雨花路？陆城几乎跳起来，这条路就在他家楼下。

直播还在持续，受伤男子倒在血泊中，凶手又朝他脖子补了一刀，这才转过身来，他的衬衫鲜血淋淋。陆城突然觉得这个人很面熟。播音员说：“被害人名叫刘禹，本台摄制部副总监，据知情人士透露，刘禹系凶手情敌，这是一起惨无人道的情杀案……我们来看一段刘禹与凶手情人约会的视频……”电视画面切换，一对青年男女正手拉手亲昵地走出餐厅。画面极不清晰，但陆城总觉得那个女人也很面熟。

播音员继续介绍案情：“凶手 28 岁，名叫陆城……”陆城终于跳了起来，画面虽然不是很清晰，但的确能看出来凶手就是自己，而那个女人的确是他的恋人吴凌凌。他惊恐地想：我明明待在家里，为什么却出现在凶杀案的电视直播里？

太不可思议了！一定是搞错了！陆城焦虑不安地在客厅里走来

走去。

播音员的声音在持续："凶手杀害情敌后，丢弃凶器，若无其事地返回居所，打开电视观看本条新闻直播……"屏幕里陆城逃进大楼，看见电梯口摆着一个"电梯故障"的警示牌，便钻进了应急通道。画面再次切换，陆城出现在家里，正在走来走去。

这一定不是真的！

陆城停止走动，电视画面里的自己也立刻停了下来，他往前蹦，电视里的自己也往前一蹦，确定无疑就是自己了。

陆城快速搜索房间，没有发现任何摄像设备，他又跑到窗口，终于发现对面楼的窗户在闪光，那是摄像机远焦镜头反射的太阳光。陆城急忙拉上窗帘，电视直播终于结束，画面切换到演播室。

主持人请来一位嘉宾开始讨论这起凶杀案。嘉宾说："显然，凶手存在严重的人格障碍，这类高危精神病人应当禁闭在精神病院里，他的监护人对这起事件负有不可推卸的责任。"

陆城大骂："你才是精神病！"

主持人又说："好了，警察已经出动，领队正是本市鼎鼎大名的神探刘金和。我们接着跟踪报道追捕过程。"画面再次切换，电视中，警车正呼啸驶往雨花路。陆城关闭电视声音，但警报声仍未停止，警车真的开到雨花路了。他慌乱地想："一定是哪里出了错！不行，必须立即逃跑！"陆城快速冲出房门，在警车赶到的前一刻逃进了人声鼎沸的街道里。

2

陆城在街头漫无目的地游逛了半天，直到夜幕降临才察觉肚子饿得“咕咕”响。他踱进一家小餐厅，叫了一份快餐。

他发现服务员总是用异样的眼光偷瞄自己，低头一看，衬衫上沾满了红色污渍，很容易让人误会是鲜血。他将胸口紧压在餐桌上，挡住它，边吃边思考起来。陆城根本不认识所谓的情敌刘禹，他没有情敌。不过他马上担心起来，最近吴凌凌对他冷淡了很多，难道真出现了第三者？这让他一阵心痛，他明白自己多年来亏欠她太多，她就算移情别恋也合乎情理。假如这个情敌真的存在，那么他就具备了杀人动机，这将更难取信于警察。

对了！吴凌凌可以证明他根本不认识刘禹，想到这里，陆城兴奋地扔掉筷子，招来一片诧异的目光。陆城快速埋单往外走，背后又传来播音员的声音：“……从画面可以看到，凶手正在中方路百乐门餐厅就餐，衣服上的血迹还没有清洗干净，真是个胆大包天的作案者……”陆城惶恐地转过身，他看见整间餐厅的人都在恐惧地望着他，几个小孩竟然被吓得大哭起来。

餐厅左上方的电视画面中，陆城正盯着一台电视机看。他转身就逃，将一张椅子绊得飞出几米远。

陆城满脑子都是电视画面，他已接近崩溃，在街头盲目奔走着，更令他恐惧的是，每当经过一台街头电视机时，他都能看见自己正在画面中奔走。他猛然意识到，摄像机正在暗中跟着他。陆城在一台街头电视机前急停，根据电视画面的拍摄方位突然转身，果然看见一台摄像机迅速缩进一辆黑色轿车车窗内。

“总算逮住你了！”陆城在心里狠狠地说，他快速转进一条黑暗的小巷，脱掉沾满污渍的上衣，绕过房屋，从另一条小巷返回街道，藏身在暗处。他看见一个摄像师正站在他刚刚钻进去的小巷巷口左顾右盼，然后失望地回到轿车里,驾车向西开去。

陆城上了一辆的士紧随其后,他认定这个摄像师正是陷害他的人。

摄像师下车后进了一座大厦一楼的103室。

现在是晚上8:30,之前房间关着灯,说明没有其他人。

陆城在一旁的商店里买了一把菜刀,待到夜深人静时按响了103室的门铃。

良久,睡眼惺忪的摄像师才打开门,他是名青年男子,身高跟陆城相仿,长得很英俊,只是眼角暗藏狡黠,让人不舒服。陆城闪进去,将刀架在他的脖子上,关上了房门。

摄像师发出杀猪般的号叫。

陆城厉声喝道:“不要出声!否则割断你的喉咙。”

摄像师的号叫戛然而止,恐惧地问:“你……是陆城?”

“不错!”陆城将他按在沙发上,旁边茶几上摆着几张摄像师的名片,上面显示他也是本地电视台摄制部副总监,“快说!为什么陷害我?”

摄像师又大叫起来:“我没有,我只是真实记录下看到的一切。”

“住嘴!凶案发生时,我正待在家里看电视,不可能杀人。”陆城怒吼。

摄像师全身发抖,颤声说:“直播开始前,画面会有一段传输时间,电视台也需要一段准备时间,所以,初始画面播出时,你已经杀死情敌,回到家中,躺在沙发上看电视了,但凶杀案结束后的画面几乎是同步播出的。”

陆城的脑海闪过衬衫上的红色污渍,难道它真的是血迹?不!绝对不是,他清晰地记得那是今天在电梯里,一个小孩不小心洒在他身上的红色饮料。他厉声说："你还想狡辩？杀了人我会不知道？而且我根本不认识刘禹。"

摄像师摇摇头，说："你害怕面对现实，刻意清除掉想要逃避的记忆，这是一种病，你该去看心理医生了。"

陆城用左手扇了他一巴掌，大叫："不！我的头脑很正常。"

摄像师却发出讥讽的笑声："你可以现在就杀了我，几分钟后，你同样会忘记你曾这样干过。"

陆城痛苦地甩甩头，将摄像师捆绑起来，坚定地说："我会找到证据还自己清白！"说完便冲出了房间，他需要立即给吴凌凌打一个电话。

3

陆城一直随身带着手机，但出了这么大的事，吴凌凌都没有给他打过电话。他记起来，他们已经有一个多月没有联系了，陆城的心在隐隐作痛。

现在她是唯一能证明陆城是清白的人。

凌晨两点，陆城坐在公园靠椅上拨通了吴凌凌的电话。

"喂——"对面传来模糊的声音。

"凌凌，是我——陆城，你睡了吗……"

对面突然传来激动的哭喊声："你还敢打电话来？你为什么杀死刘禹？我们只是在一起吃过几顿饭，根本就不是恋人关系！你为什么这么狠毒？我恨你，一辈子都不想再见到你！"随后是挂断音。

陆城失魂落魄地靠在椅子上，从裤袋里掏出准备了很久的求婚戒指。他想娶吴凌凌，却又总是将求婚日期一拖再拖，因为他害怕改变现状。现在一切都结束了，他的心死一般冰凉。

“难道我真的有严重的人格障碍？真的有心理疾病？真的杀了人?”陆城开始相信电视直播的一切都是真实的。他想起来，在雨花路上有一间著名的心理诊所，坐诊的王医师毕业于美国耶鲁大学心理学系，非常专业。“也许，我该去见一见她。”

早上九点，王医师刚刚打开诊所大门，光着上身的陆城就挤了进去。王医师三十岁左右，长相亲切。她看见陆城时怔了一下，不过脸色马上就恢复正常，请他坐在沙发上，为他冲了一杯咖啡。

“有什么可以帮你呢?”王医师的声音很动听。

陆城迟疑片刻，终于说：“有没有一种心理疾病，病人会忘记自己想要逃避的事情，就像什么都没有发生一样？譬如我，哦，不！不是我！譬如一个人不久前杀了人，但现在却完全不记得了。”

王医师微笑着说：“人与生俱来就有自我保护的本能，会主动遗忘那些带给自己伤害的事情，达到自我保护的目的，我们称它为选择性遗忘。它不是心理疾病，只是人的本能，如果不严重，是不需要治疗的。”

“那这个人会不会产生臆想，譬如将残留在衣服上的鲜血想象成红色饮料?”

王医师又点了点头。

陆城如坠冰窟，喃喃地说：“原来真有这种病，唉!”他痛苦地窝进沙发，现在终于确信自己杀了人。

善解人意的王医师又说：“假如你遗忘了什么，我可以通过催眠帮你恢复记忆。”

“真的?”陆城心中又燃起一丝希望。

王医师点头。她让陆城躺下去，头枕在她的大腿上，边为他按摩头部边说：“现在，你想象一下，你的眼前有一片蔚蓝的大海，温暖湿润的海风……”

陆城的眼皮越来越沉重,终于沉睡过去。

他是被数声暴喝惊醒的,刚睁开眼,就看见两名如狼似虎的警察扑过来,将他死死按住,迅速上了手铐。陆城发出绝望的嘶吼,双目逼视王医师,显然就是王医师将他催眠后报的警,她早有预谋。王医师躲开陆城的目光,背过身去一言不发。

陆城被押出诊所时,看见摄像师正扛着摄像机对着他狂拍,他的嘴角还带有一抹胜利者的微笑,这微笑刺痛了陆城,他后悔自己昨晚没有杀死这个可恶的人。

本地电视台对这起案件的跟踪报道仍在继续。

嫌疑犯陆城被投进看守所,唯一可能引发争议的带有红色污渍的上衣也被他丢弃了。面对确凿证据,陆城对犯罪事实供认不讳。不久,初审判决书下达:“陆城谋杀罪罪名成立,被判处死刑,如对判决不服,可在五个工作日内提请复审。”

4

陆城是个懒鬼,不是身体懒,而是心态懒,他安于现状,不思进取,害怕改变。不过,在他内心深处还残留有年少时的梦想,那些梦塑造了他无数种美好的未来,但绝对没有想到会在28岁就走向人生终点。

他知道自己有罪,也愿意用死去赎罪,但关进死囚室后,他不禁恐惧起来。这里的犯人全部都是死囚犯,生命只剩下最后一点点时间,每天深夜,陆城都能听见如泣如诉的哭声;每天上午也总能看见一个个瘫软在地的犯人被拖出去,然后在一声枪响后,或在强烈电流声里失去生命。这让他浑身颤抖。

判决书下达的第二天，吴凌凌终于现了身。

在监狱会客室，陆城和吴凌凌相对而坐，四只手紧紧相握。

“你来了。”陆城低沉地说。

“嗯，我来送你。”吴凌凌的眼泪“吧嗒吧嗒”往下掉。

陆城说：“死前能见到你，我很开心，凌凌……对不起……”

“不要说了！”吴凌凌阻止他，“我永远只爱你一人，你本不必杀害刘禹的。”

“唉！我也不知道为什么，我已经忘记行凶过程了。”

吴凌凌沉默片刻，又说：“你愿意娶我吗？”

“愿意！”陆城激动地说，但马上又悲伤起来，“不！我就要死了，你应该尽快忘记我。”

吴凌凌摇了摇头，急切地说：“今生我只想当你的新娘，哪怕只有几天，我也是幸福的。陆城，我们在一起的时间越来越短暂了，难道你不想抓住它，你还要错过吗？”

陆城深情地望着吴凌凌，脸上的悲伤渐渐消退，转而化成幸福的微笑，他从裤袋里掏出准备了大半年的钻戒，动情地说：“凌凌，你说得对，我已经错过了28年，我不想再错过人生的最后几天。凌凌，你愿意嫁给我吗？”

“我愿意！我当然愿意！”吴凌凌的脸像挂满露水的花朵。

陆城颤抖着为吴凌凌戴上了钻戒。

吴凌凌激动地摩挲钻戒，抬起头坚定地说：“我们立即去登记结婚！”

陆城站起身，在狱警的大声斥责声中爬过长桌，将吴凌凌紧紧抱在怀里。

两人随后在警察的陪同下登记结婚。

那是陆城人生中最美好的时刻，但当吴凌凌离去，自己被重新投进死囚室时，他再次恐惧起来。他从未像现在这样渴望活下去，他重新审视了自己短暂的人生，一次次发出悔恨的哭声。早知今日，他一定会更加珍惜过去的每一天，一定会尝试改变，创造更加精彩的人生；他也会更加珍视他的恋人吴凌凌，在一年前就向她求婚，那样就不会出现凶杀案了。

陆城开始反复回想凶杀过程，在第四天深夜，他突然察觉到一个疑点。凶案直播前半小时，他曾乘坐电梯上楼，与凶手作案后逃入大楼的时间间隔不大，但凶手进入时，电梯前却摆放着一个“电梯故障”的警示牌。大楼有三个电梯，陆城在这里生活多年，从没见它们同时发生故障。

凶手为什么不肯进电梯？

因为里面有摄像头！陆城兴奋起来，只要调出当天电梯监控视频，就能确认自己是否就是凶手了。假如视频显示是自己乘坐电梯上的楼，并被小孩泼洒了红色饮料，就能证明自己不是凶手；假如没有，那就说明自己确实杀了人，这样也能死得明明白白了。

他决定申请重审。

5

这些天，吴凌凌每天都来看望陆城，这天也不例外。

只是这次多了一个人，他就是摄像师。

陆城诧异地走到会客桌前时，摄像师向他伸出了手，陆城迟疑地握住。

“哥们儿，对不住啦，凶杀案是电视台受吴凌凌委托策划的一场半虚拟半真实的电视节目，没有人被杀，刘禹也并非你的情敌。”

“什么？你再说一遍！”陆城大叫，他惶惑地望向吴凌凌，发现她正在微笑。

“陆城，这一切只是一个节目。”吴凌凌说，“我想通过它看清你的内心。”

“啊？这么说我没有杀人？我不用死了？”陆城惊喜地大叫。

“不错！让你受委屈了。我代表电视台感谢你，这期节目非常成功，收视率上升了十几个百分点。”摄像师说，“不过，节目策划环节还存在安全隐患，我们以后会尽量避免。”他说的是陆城持刀夜闯他家的事。

陆城激动得满脸通红，大声说：“不用死就好！不用死就好！你让我获得重生，我感激你还来不及呢！”

吴凌凌说：“陆城，你安心再待一天，我已办好释放手续，明天你就能出狱了。”

陆城兴奋不已，狱警拖他离开时，陆城忍不住抱了抱他，说：“咱们相识一场不容易，明天你就见不到我了。”

“唉，是见不到了！”狱警拍了拍陆城的肩膀说。

这一天过得非常快，第二天，陆城早早收拾干净，准备出狱。

但一直等到中午11:50，四名狱警才急匆匆地走进来，一名狱警说：“走吧，该上路了。”

陆城站起来说：“走，上路！”笑呵呵地走出了牢房，他看见所有死刑犯都趴在牢门前盯着他看，他们一定以为自己要上刑场了，陆城暗笑。

陆城被带进一个阴暗、潮湿的房间。里面只有一张很脏的椅子，上面还残留有大量可疑的污渍，看起来至少用过十年了。他认出它就是电椅！在这十年间，一定有无数生命坐在上面瞬间消逝。

陆城的脸突然抽搐起来，不安地问："不是要让我回家吗？"

狱警发出讥笑："对，回家，送你回到出生前的家。"

陆城发出恐惧地大叫："不！你们搞错了！只是一个电视节目，我没有杀人！快放开我！"他拼命挣扎。

四名狱警冲上来将陆城按压在电椅上，为他戴上铁盔，锁死固定手脚和腰部的钢扣，一名狱警边忙边抱怨："原以为他不怕死，事到临头还是跟其他犯人一样。"

陆城的眼珠几乎挤爆眼眶，他的吼叫慢慢变成哀求："警察先生，求求你，再向上级确认一下，你们真的搞错了，我不是杀人犯，求你了……"

狱警却不再说话，一名狱警走到电闸前，望着墙上挂的钟表。

"嗒！嗒！"钟表发出诡异的响声，终于绝情地指向12:00。

狱警合上了电闸，房间传来"呜"的强烈电流声，陆城闭上双眼，世界一片黑暗……

6

凶杀案追踪报道以陆城伏法宣告结束。

不久，摄像师凭借这一次出色策划成功晋升为摄制部总监，随后又与吴凌凌结婚，住进她从陆城手中继承下来的雨花路房产。

这是一套位于十楼，面积为240平方米的复式大房，站在主卧大飘窗前可以俯瞰南海。入住当晚，两人兴奋地在洁白的床单上折腾了几个小时，直到筋疲力尽才拥抱在一起，共同品味美好的夜晚。

"陆城临死前一定在骂你。"摄像师开玩笑地说。

“唉！我跟了他七年，不这样他就不会娶我，不杀死他，也就得不到现在拥有的一切，就像你不杀死刘禹，就很难得到现在的位置一样。”吴凌凌回想起刚刚结束的一切，内心闪过一丝恐惧，“人死后会变成鬼吗？”

摄像师搂紧吴凌凌，说：“别想了，抓紧享受新生活吧。”

吴凌凌点点头，熄了灯，渐渐进入梦乡。

凌晨时分，吴凌凌突然被电视噪音惊醒，她慌忙坐起，看见挂在墙上的液晶电视离奇般开启着，正在闪烁着刺眼的雪花点。她抹了一把额头上的冷汗，心想一定是睡觉时不小心按到了遥控器，但她很快发现遥控器放在很远的书桌上，不可能按到。怎么会这样？她下床准备关闭电视，屏幕上却突然闪过一幅图像。她吃了一惊，停下来仔细观看，忽然，陆城七窍流血的头像由左向右快速飘过，她吓得大叫起来。

这时，一阵凉风吹过，房门“咣当”一声打开，一个白影出现在门前。

他就是陆城，身穿白袍，双手低垂，七窍流血，眼睛闪烁着骇人的绿光，慢慢向吴凌凌走来。

吴凌凌吓得魂飞魄散，双手直摇：“陆城，我对不起你，念在我们相恋七年的分上，请放过我吧！”

陆城对她的哀求无动于衷，继续向前。

吴凌凌一边哀求，一边后退，直到被飘窗挡住去路。

陆城越走越近，吴凌凌只好又爬上飘窗，哭花了脸。陆城慢慢抬高双手，突然向她扑去，吴凌凌往后一退，惨叫一声，从开启的窗户上摔落下去，很快传来“砰”的一声闷响。

陆城转过身来，电视上陆城的头像还在不停晃过，他关掉电视，低头用力抹了一把脸，皮屑纷纷掉落，再抬起头来时，陆城变成了摄像师。

他的嘴角挤出一抹胜利者的微笑,从现在起,眼前的一切就都属于他了。

“举起手来!”门外突然冲进来两个人,一个是高大魁梧、脸色冷峻的刘金和,正拿枪指着摄像师;另一个是陆城,他站在刘警官身后,正笑吟吟地望着摄像师。

摄像师嘴角的微笑渐渐凝固,化成了绝望。

陆城走出来说:“你们招术高明,但刘警官更加高明,他在行刑前关闭电源救下了我。然后,根据我提供的线索调出案发当日本楼电梯的监控视频,证明了我的清白。接着,他又在这个房间安装了窃听器,终于收集到你们的犯罪证据。你先假冒我杀害自己的同事刘禹,吴凌凌则拍下犯罪过程嫁祸于我,然后指使一个流浪儿在我衬衫上泼红色饮料,制造假象,再通过电视直播搞乱我的思维,整个犯罪过程设计得真是天衣无缝!我入狱后,你们担心我提请复审,为避免节外生枝,又谎称一切只是在录制娱乐节目。你们得逞后,你又想独占财产,先与吴凌凌结婚,再装神弄鬼吓得她跳楼身亡,这样就能继承她的财产,不!是我的财产!可怜这个蠢女人,背叛了我,却又被另一个人背叛,真是死有余辜!”

摄像师颤抖着问:“刘警官怎么看出破绽的?”

刘金和冷冷地说:“我找到了被吴凌凌收起来丢进垃圾堆的那件陆城染了红色饮料的衬衣。”

摄像师脸如死灰,伸出了双手。

第二天,陆城配合审讯结束后回家,经过每天上下班的必经之地,却突然记不清这里的台阶数了,他努力回忆,都徒劳无功。陆城抬起头看着阳光下熙熙攘攘的人流,突然激动起来,也许他真的需要改变了。

图书在版编目（CIP）数据

凶案现场直播 / 公输然等著.—哈尔滨：哈尔滨出版社，2018.11

（诡故事.推理悬疑小说志）

ISBN 978-7-5484-4212-7

Ⅰ.①凶…　Ⅱ.①公…　Ⅲ.①推理小说－小说集－中国－当代　Ⅳ.①I247.7

中国版本图书馆CIP数据核字（2018）第182525号

书　　名：凶案现场直播
XIONGAN XIANCHANG ZHIBO

作　　者：公输然　等　著
责任编辑：杨浥新　孙　迪
责任审校：李　战
封面设计：源画设计

出版发行：哈尔滨出版社（Harbin Publishing House）
社　　址：哈尔滨市松北区世坤路738号9号楼　　邮编：150028
经　　销：全国新华书店
印　　刷：哈尔滨市石桥印务有限公司
网　　址：www.hrbcbs.com　　www.mifengniao.com
E-mail：hrbcbs@yeah.net
编辑版权热线：（0451）87900271　87900272
销售热线：（0451）87900202　87900203
邮购热线：4006900345　（0451）87900256

开　　本：787mm × 1092mm　1/16　印张：11.5　字数：100千字
版　　次：2018年11月第1版
印　　次：2019年7月第2次印刷
书　　号：ISBN 978-7-5484-4212-7
定　　价：29.80元